なまづま

堀井拓馬

角川ホラー文庫
17085

目次

1

朝、たった一人の朝、私は短い眠りから自然に覚めると、その日も一人で朝食を食べた。パンを焼き、バターを塗って、それを食べた。静かな朝、もすもすとパンを食む《は》乾いた音だけがこぼれる朝。

テレビをつける習慣はなくしてしまった。感じたことを誰かと共有する幸福な時間を失って、同じものを見て同じ気持ちを抱きたいと一番に思える人を失って、それを見ることの意味を見出《みいだ》せなくなった。新聞も読まなかった。

そして歯を磨く、一本の歯につき二十回ずつ、ゆっくり時間をかけて。時間はとても余っていた。二人分の時間を背負っているのだろうか、朝は長く、昼も長く、そして夜も長く、しかし眠りだけが短かった。そのことは私に科せられた罰のように感じられた。許されない気がしていた。ただ、許されていない気だけがしていた。

私は髭《ひげ》を剃《そ》り、スーツに着替え、髪を整え、そうして一日を生きるため武装する。次にカレンダーの前に立ち、いつものように、昨日の空白を黒く、一抹の白も許さず、塗り潰《つぶ》す。そして褒め称《たた》える、そして鼓舞する、電源の切れたテレビの黒い画面の向こうから、私と目を合わすくたびれた男を。紙面上の昨日を染める黒は自分へのご褒美だった。ラジオ体操のスタンプカードのように、それは私を労《ねぎら》った。昨日とプラス今朝までを、一人ぼっちで生きたことを。またも死なずに昨日を生きて、今日をも生き始めたことを。

少しだけ後ろに下がって、カレンダーを見る。今日と昨日とで、はっきり分かれたモノトーン。

ねっとりとした慢性的な疲労をとびきり深いため息に代えてでろでろと排出すると、私はうなだれるようにして足元を見下ろした。そこには段ボール箱がある。中には、二年前から積み重ねられてきた非生産的な時間の残骸《ざんがい》の表象として、同じく二年分の、真っ黒に塗り潰されたカレンダーが薄く積み重なっている。日付を黒く、黒く、執拗《しつよう》に塗り固められた紙切れ達が段ボール箱の底に広がり、それは波立つ夜の海にも見えた。

そして私は顔を上げ、重たい腕をなんとか持ち上げてカレンダーをめくった。一枚向こうの一ヵ月後、二枚向こうの二ヵ月後、三枚向こうの三ヵ月後、無邪気なそれらの未来はただ白かった。その白がどれだけ私を疲弊させ、絶望させるかなど知りもしないでただ、白かった。

馬鹿げているほど広大で、おぞましいほど乾ききったその白い砂漠を、今日という日と歩く。その跡には死んだ昨日が降り積もり、黒い夜の海が広がっている。私は夢見ている。白い明日が行き止まり、この生の行軍から解放されることを。いつか立ち止まらざるを得なくなり、夜の海に追いつかれ、その黒に沈み、心臓が止まることを。しかし、それはまだ、気の遠くなるような悠久の果てにある希望だった。用心深く几帳面《きちょうめん》な性格と、それに由来する規則正しい生活が、私の希望をそんなに遠くへ追いやっている。

妻が死んでまだ二年しか経っていなかった。私にはまだおそらく四十年以上もの時間が残されているというのに、まだ、たったの二年。この煉獄《れんごく》があと四十年以上。四百八十ヵ月以上に亘《わた》る一人ぼっち、一万四千六百十日以上に亘る孤独。

私はかつて妻と住んだその無駄に広いマンションの一室を振り返り呆然《ぼうぜん》とする。キッチンも、テレビも、ソファも、時計も、空気も、何もかもふわふわとまるで実体が見えない。妻が死んで私の現実は凍りついた。高熱にうなされ霞《かす》んだ視界とふらつく頭、この感覚を例えるならばそれが一番近いだろうか。

今という時がまるっきり眠りの中のような時間に感じる。今にも目が覚めそうな眠りの時間。ふとした瞬間に夢が終わり、そこには妻の生きる朝がある。そんな出来事が今にも起こりそうだった。でもそれだけは絶対に起きないことを私は知っている。永久のまどろみ越しに見るこのぼやけた世界で、今の私には、ただ「さみしい」だけが確かだった。

「ちょっと待ってよ、ねえ、まだ行かないで。まだ早いよ、すごく早い。もう三十分、一緒にいて。それでも会社には間に合うでしょ。だめ、だめよ、そんな言い訳聞かない。通勤ラッシュなんて知らないよ。あなたが電車の中でもみくちゃになったって、私には関係ないもの。あなたが満員電車でふがふが言ってる頃、私はソファでもう一眠りしてるの。うそ、うそよ、ごめんね。あなたが私の知らない誰かと、朝からべったりハグするのなんて本当はとっても嫌だもの。がらがらの電車で会社に行ってね。ほら、いってらっしゃい」

そんな妻の声はもう聞こえない。妻と過ごす馬鹿馬鹿しいほどにささやかな日常の存在に、どれだけ私は依存し、生かされていたか、今なら正確に理解できた。痛いほど。

いってきますが私の中から消えて久しい。私はその日も、言葉の枯れた家を出て会社へ向かう。

家から会社までの一時間弱、途中、家から最寄り駅までの間にあるいつものコンビニへ寄り、棚に並んだ弁当の中で、いつのまにか私の中でそれと決まってしまっているいつもの三種類から、昨日とも一昨日《おととい》とも違う一つを購入する。

私はどちらかというと保守的な性格だった。私にその自覚はなかったけれど。同じレストランで食事をし、同じ書店で本を買い、同じシアターで映画を見て同じ場所で妻とデートをする。目的を入力すると、それに対応した行動を常に等しく出力するコンピューターのようだと妻は私を馬鹿にした。

妻は開拓者気質だった。テレビや雑誌で気になるものを見つけると、すぐにでも私を引き連れて出かけようとした。私は手を引かれるまま妻について行った。自分一人では決して知り得ないたくさんの景色や味、香り、音を私はその中で知った。

妻と愛し合ったことで、私はずっと豊かだった。少なくとも私は、妻がいなければバンジージャンプになんて挑戦しなかった。イナゴやハチノコなんて食べなかった。雪の中をあえて濡《ぬ》れて歩くこともしなかった。ウミウシがきれいだなんて思わなかった。金魚もハムスターも飼わなかった。アスパラガスの食わず嫌いが直ることもなかった。季節ごとに花を見に行くこともしなかった。それに、人の体の柔らかさを知ることもなかった。

私は、いつも通り弁当を買った。いつもの三種類、そのうちの一つ。他の弁当を手に取るのは、とても、とても勇気が必要だった。

コンビニを出ると、強いヌメリ臭が鼻粘膜をいやらしく撫《な》でた。その臭いはいつも、ある種の恐怖すら伴って私を攻撃する。私はその刺激に鋭く反射して素早く鼻を押さえ、息を止めた。ひくひくとみぞおちの辺りが引きつったように震え、消化され始めた朝食が踵《きびす》を返して喉《のど》を全速力で上ってくる。体内で暴れる不快な生理に集中しようとする意識を諫《いさ》めて、なるたけ関係のない別のことを考えながら強く目をつむると、涙腺《るいせん》が沁《し》みてまつ毛が濡れた。酸味の強い嫌悪感の時化《しけ》が凪《な》ぐのを待ってから、そっと目を開けると、駐車場の隅からヌメリヒトモドキの濡れた青白い姿がぬるり、姿を現したのが見えた。

子どもの作った粘土細工のように、形状からかろうじて人に似せているとわかる程度の出来の悪い人型をした、比較的進化度の低いヌメリヒトモドキだった。そいつは白い眼球と、鼻口の模造らしき三つの穴がある頭部をコンビニの方に向けると、奇妙に長い四肢をわしゃわしゃと忙《せわ》しく振り回しながら胴を引きずり、ゆっくりとこちらへ向かってきた。ヌメリヒトモドキの全身を分厚く覆う粘液が道路を濡らして、そいつの通った跡を示すようにずっと後ろに伸びている。うぞぞ、と肌一面、鳥肌の立つ音が聞こえたようだった。逃げるようにコンビニへ戻るのも忌々《いまいま》しい。しかしそいつは駅の方角からやってくるので、無視して先を急ごうとすると近くをすれ違うことになる。そうした一瞬の逡巡《しゅんじゅん》が、その時の私を支配していた生理的嫌悪感による心身の混乱と相まって、私を金縛りにした。

しばらくの後、そいつは腐敗臭にも似た独特の生臭さを伴って、硬直した私の前を横切っていった。ばちゃばちゃ、ばちゃばちゃ、と粘液をはね散らかしながら、ハイハイを始めたばかりの赤ん坊よりもつたない動作で這《は》いずる。いや、人間の赤ん坊を例えにしてつたないというのは適切ではないかもしれない。そう表現するにはいささか不自然に、不気味に、過ぎる。異様な長さの手足を無茶苦茶に動かすその様は、どちらかというとまだ、虫に近かった。

ムンクの叫びを模したような単純な造形の顔をしたそいつは、真っ白な眼球で私を一瞥《いちべつ》してから、コンビニのゴミ箱を漁《あさ》り始めた。それを見て店員が慌てて出てきて、モドキタタキでそいつの顔を力いっぱい殴りつけた。しかしそいつは殴られても殴られてもゴミ箱漁りをやめなかった。やがてゴミ箱の中から人間の髪の毛を見つけ出し、生きるために栄養を補給する必要などないはずなのに、それを口から摂取した。

思えば私の人生はヌメリヒトモドキと共にあった。私が生まれた時にはもう既にヌメリヒトモドキの女王は発見されていたので、ヌメリヒトモドキがぬるぬると地面を這いつくばってゴミを漁る光景は幼い頃から日常的なものだった。

しかも私はヌメリヒトモドキの生息域と人間の居住区域を分割するための方法について研究するのを生業《なりわい》にしているし、そもそも私が自分の身に起きたことについて日記と記憶とを参照しながらこのような形で書き残そうと考えたきっかけも、また、その自分の身に起きたことの原因も、全てはヌメリヒトモドキにあるのだから。

生臭く、粘液に覆われて、青白い粘膜の塊であるあの生物は、下手に人間を模倣したような姿であるから醜悪極まりない。三十年ほど前、どのヌメリヒトモドキもまだナマコのような姿をしていたあの頃の方が、幾分かましな見てくれだったと私は思う。今となっては、そうした原始的な姿のヌメリヒトモドキの方が珍しくなってしまった。とはいっても、ナマコ型のあいつらが少なくなったわけではない。そうした最低進化度のヌメリヒトモドキの個体数は、次々に発見される女王の数と比例して多くなっている。原始的な姿のヌメリヒトモドキが珍しく感じられるのは、それより進化度の高い人型のヌメリヒトモドキの方がずっと多くなったからだ。

当然、私はあいつらが嫌いだ。もちろん、好きだという人などほとんどいないだろう。悪臭を放ち、不潔で、不気味なあいつらが、ふと気付けば家の中に侵入していて、もしくは家の周囲を取り囲んでいて、慌てて110番した経験は誰にでもあるはずだ。私と同じ時代を生きる人間であれば。しかし中には、ヌメリヒトモドキが不死身であるのをいいことに、あいつらを家で飼いならし、様々に残酷な方法で虐待して性的欲求を満たそうとする変態者も現実に存在する。そんな奴らを私はヌメリヒトモドキ以上に嫌悪する。

恐らくこの文章が誰かの目に留まることになるのは、ヌメリヒトモドキ根絶の時が訪れた場合だけだろう。現実どんなタイミングでこの文章が他人の目にさらされることになるかはわからないが、少なくとも私はこの文章をその時が訪れるまで固く守り通すつもりだ。もし仮にそんな未来が来るとして、不死身のヌメリヒトモドキが本当にこの地球上から完全に駆逐された時代、全人類のヌメリヒトモドキの脅威に対する認識はきっと、本来ならそうあって然《しか》るべき水準で統一されていることだろう。人々のヌメリヒトモドキに対する危機意識が少しずつ、少しずつ、だが確かに、麻痺《まひ》してきている異常な現代とは違って。

この文章を読んでいるはずのそうした理想的な未来に生きる人々にとってはまるで信じ

られないことかもしれないが、進化度の高い、より人に近い外見を有するヌメリヒトモドキは、法の灯が届かない暗がりの中かなりの高額で取引されており、深刻な社会問題になっている。もちろんそれは、ヌメリヒトモドキが人間に近い外見であればあるほど、狂った成金サディストの欲望を満たすためのより良いツールとしてそれが機能するからだ。信じられない。多くの人達は私と同じように感じているだろう。あれを同じ家に住まわせ、あまつさえ性的欲求の捌《は》け口にするなど狂気の沙汰《さた》だ。ヌメリヒトモドキと共存せざるを得ないという、人類にとって極端にストレスフルな現在のこの状況が、そうした人間のおよそ自然なものとは言い難い狂った欲望を発現させる一因になっているのだろう。

ヌメリヒトモドキはこの世界に存在してはいけないものだ。全て、あいつらのせいで狂っている。この町も、この国も、この星も。だから私はあいつらが嫌いだ。

そんな私が現在の会社において、ヌメリヒトモドキを人間の居住区域から追逐するために、あいつらと毎日毎日顔を合わせながら研究員として働いているのは、何も理念や志あってのことではない。ただ、流れ流れて気付けばここにいた。それだけだ。目的や夢などなく、普通に勉強して、他より少し得意だっただけの生物学が学べる大学へ進み、なんとなく過ごしているうちに気付けばその会社にいた。オンリー、ただそれだけ。

以来十年間、妻が死んだ時以外は、欠勤も遅刻もなく会社に通った。今となって考えてみれば笑ってしまう。何が好きとも嫌いとも思わない私が唯一つ、ヌメリヒトモドキだけは強く嫌悪していたのに、生臭さが移ってしまいそうなほど強くそれとがっぷり組み付くような仕事に就いて、しかも欠勤もせず遅刻もせずに十年——。よくやったと思う。呆《あき》れて笑いが止まらない。でも、笑うことにもほとほと疲れてしまった。

こんな男をどうして妻は愛していたのか、皆目見当もつかない。むしろ今となっては、妻が私を愛し得ない理由をこそ無限に思いつく。妻と私は何もかもが異なっていた。

私は基本的に何ものも好かない、そして嫌わない。誰しもが読む物を読み、誰しもが聴く物を聴き、誰しもが観る物を観てきた。そしてそのどれにも感動を覚えず、かといって新しい刺激を恐れて反芻《はんすう》される日常に甘んじ、ぬるま湯に浸《つか》るような無味でしかし居心地の良い青春を過ごし、惰性で二十を越した。

妻が過ごしてきた同じ二十年は、私の消費してきたのっぺりとした月日とは根本的に異なるものだ。妻は多くの音楽を愛し、多くの文学を愛し、多くの絵画を愛し、そして多くの風景を愛してきた。彼女の愛する物を私も愛そうという努力の過程で、私は実に様々な創造性と触れ合ってきた。何が彼女の心を奪い、その精神を育《はぐく》み形作ってきたかを知るほどに、私は妻という人間の奴隷へと昇華していった。妻には、日常からはるか遠くの旅先で香る風の匂いと同じ魅力があった。彼女によって私は自分が決定的に変容していくのを確かに自覚していた。

たった一人の人間が抱く愛を評するためにこんな表現を用いることで、私という人物があまりにも子どもじみていてひどく陳腐、その上至極恥知らずな人間であるという印象を与えてしまうかもしれないが、しかし、私にとって妻は神様だと言っても決して間違ってはいない。その存在はまるで理解し難く、他の何よりも侵し難い。妻はそのままの姿で完成されていたし、私が触れることでその形を変えることもなかった。私はただ、妻の行う創世によって、自分自身の身が崩れ、包まれ、新しく築かれていくのを、無抵抗に受け入れることしかできなかった。

彼女は私の唯一で、私は自分の胸中に膨らむ愛の所以《ゆえん》を考えたことなど一度もない。一切無償、無条件。彼女が彼女であってそこにいるというそれだけが、私が彼女を愛する理由になり得た。そしてそれによってこそ私は彼女を神様と称している。

三歳から九歳までをボストンにある祖父の家で過ごした彼女は、自然に身についた堪能《たんのう》な英語力を活《い》かして十五歳の頃から友人と世界中を飛び回っていた。新婚旅行も国内で済ましてしまい、結局一度も日本の外に出たことなどない私は、彼女の焦がれた多くの風景を未《いま》だに知らないままだけれど、きっと、それらの景色を知ったとしても、どうしてそれを彼女が好きだったかを理解することはできないだろう。

出会ってから彼女が死ぬまでの濃密でしかし短い年月、まだ私は彼女についてほんの二パーセントだって知ってはいなかったのに。彼女の見た景色のほとんども、私はまだ見たことがなかったのに。なんと無機質な世界だろう、ここは。人の生や死に意味があるなんて嘘だ、断言する。石を投げれば地に落ちて、鐘を叩《たた》けば鳴るのと同じだ。ただ単に産まれて、ただ単に死ぬ。ただ無機的に流れ去っていく。そうでなければ、彼女が死んでいいはずがない。

　かつて妻が言った。

「ねえ、あなたが死んだら、私、どうすると思う？　独りきりで残された私は、どんな人生を生きると思う？　いいえ、生きない、生きないよ。私はね、あなたの後を追って、すぐ死ぬの。すぐ天国に会いに行く。離れている時間が愛を育てるなんて考えている人もいるけど、私とあなたは違うでしょ。だって、あなたが仕事に行っている間、私はね、あなたの顔も忘れちゃうもの。ひどい？　ごめんね。そうしてだんだん、腹が立ってくるの。顔も思い出せない誰かのことを想って私はこんなにさびしいなんて、って。でも私は、十数時間振りにあなたと再会する度いつも、生まれて初めて恋人とデートする十五歳みたいな気持ちになるのよ。この人ったらこんな顔をしていたんだっけ、ずいぶんキュートだったんだなって、そんな風に思うの。離れている時間にうじうじ育った苛立《いらだ》ちなんか全部吹き飛んじゃうよ。もしあなたと私がずっと、ずっと、離れたままになったら、私はその苛立ちに体を乗っ取られて、きっとあなたを憎んじゃう。今、この地球上で、他の誰よりも私があなたを深く愛しているのと同じくらい、きっと、この地球上で、他の誰よりもあなたを強く憎むよ。もちろん、離れている時間だって必要だよ？　でなくちゃ、あなたに秘密で昼から友達と飲みに行ったり、あなたがエッチなもの隠してないか家中漁《あさ》ったり、いつも自分の誕生日を忘れるあなたのためにとびっきりのサプライズを用意したり、できなくなっちゃうもの。でも、たくさんはいらない。あなたと離れている時間なんて、彩りを添えるためのパセリくらいささやかでいい。もしあなたが死んじゃって、ずっと、ずっと離れたままになったら、たとえ私が自殺できないように身動き取れないほど縛り付けられていたとしても、お腹の中で膨らんだあなたへの憎しみが爆発して私は木っ端微塵《みじん》になって死ぬよ。それで、乱暴な気持ちの全部がみんな、飛び散って消えた後、天使みたいにきれいになった私の魂は、雷より速く天国にすっ飛んでいってあなたをハグするの。もしあなたが私よりも早く死んだら、私が来るまでに時間はかからないはずだから一人で待っていてね。私よりかわいい人も、天国だからもしかしたらいるかもしれないけど、浮気したらだめよ。私の来るのが遅くて、さみしくて待ちきれなかったら、そしたらほんの少しくらい遊んでもいいけど、でも、あなたが本当に愛しているのは私だけだよ」

妻の話したそんなもしもは、結局役に立たなかった。

なんて、馬鹿げた、この世界。神は我々の祈りなど、はなから聞き届けるつもりはない。この世界を創ったとかいう神が本当に存在するならば、神はこの世の初めに光を生んで、その波紋が広がって宇宙が生成される様子をただ観察しているだけだ。かの全知全能が隅々まで計算尽《ず》くめに創りたもうたこの世界が、どのような結末に向かって時を刻んでいるかなんてマクロな話は私にとってどうでもいいことだが、ただ気に食わないのは、もし初めから観察者としての徹底された態度を貫くつもりなのだったら、神よ、無為な希望など私に抱かせるな。祈りなど届かないとこの世の初めに預言をくれればよかったのに。今まで私は、自分を襲うあらゆる苦痛や悲哀について誰かのせいにすることなどなかったが、妻の死をもってして祈りに希望がないことを知ったこの絶望だけは、神よ、あなたのせいだと感じている。

ともかく私はヌメリヒトモドキが嫌いで、しかしその研究者として働き、そして妻を愛していた。それだけだ。

2

日記と記憶の記述に戻ろう。その日、コンビニを出たところでヌメリヒトモドキに遭遇した私は、モドキタタキでぼこぼことコンビニ店員に滅多打ちにされているそいつを無感動に見つめ返し、それからそいつの這《は》ってきた跡を――地面でぬらぬらと光っているヌメリヒトモドキの粘液を、踏まないように注意しながら、コンビニを離れた。

ヌメリヒトモドキの粘液は、一度何かに付着すると、これが中々に落とし辛《づら》い。この時代を生きる人々はほとんど皆、自宅の外壁や塀、玄関前の地面にべったりと塗りたくられたその粘液を掃除した経験がある。だからそのいやらしくしつこい忌々《いまいま》しさは誰もが同じく思い知らされているのだが、我々研究員の感じるあの粘液への煩わしさはその比ではない。通り過ぎただけ、ただ触れただけであのありさまなのに、ヌメリヒトモドキの生活する狭いケージの中が、あの粘液によってどれほどひどい状況に陥るかを知っている人間は少ないだろう。

三日に一度のペースで行われるヌメリヒトモドキのケージ清掃は、我々研究員を憂鬱《ゆううつ》な亡霊に変える。清掃作業は当番制で、二ヵ月もすれば全ての研究員をローテーションする。それをこなすことで会社から中々の額の清掃業務手当ても出るが、それでも研究員達は当番が近付いてくるにつれ、鬱屈したじめじめしい気分に沈み、当日の朝にもなれば、これから自分を取り巻くことになるであろう諸々《もろもろ》の感覚――ヌメリヒトモドキの指でも口に含んだように臭ってくる強烈に生々しい臭気、水分が少し抜けて汚らしく固まっているゼリー状の粘液の感触、問答無用にひたひたと肌に張り付いてくるヌメリヒトモドキの体温を伴った湿気などを想起してしまい、すっかり気が滅入《めい》っている。

特に私の場合はひどい。誰よりも強くその作業を嫌っている。日記の記述によれば入社してから半年、三度ケージ清掃を経験した頃からだ。その頃から、当番の日よりも一週間前にクリニックで精神安定剤を処方してもらうのが習慣になっている。そんな状態でも私が会社を辞めずにいたのは、ただ私が、今自分の置かれている環境を、自ら進んで改変するという手段を思いつきすらしない人間だったからだ。

ケージ清掃に関しては外部の業者に依頼しようという意見も社内で度々上がっていたが、未だその意見が採用されたことはない。ヌメリヒトモドキの研究過程では、政府から箝口《かんこう》令《れい》が敷かれる事態が時折発生する。そもそもヌメリヒトモドキについてわかっている多くの性質や、それに基づく飼育方法、教育方法はそのほとんどが機密扱いになっている。それは国防的観点によるものらしいが、私にも詳しいことは知らされていないし、ヌメリヒトモドキのこと以外、特に政治に私は疎い。まあ疎かろうが詳しかろうが法は適用されるわけで、私がこうして口外の禁止されているヌメリヒトモドキについての政府の姿勢を記述した時点で、運が悪ければ無期刑もあり得るほどの罪を犯したことになる。できれば死刑にしてほしいところだけれど。だからヌメリヒトモドキの研究所を外部の人間の目に晒《さら》すことは政府が許さなかったし、機密を守った状態で外部の人間に清掃業務を行ってもらうための安価な方法は何もなかった。

コンビニを離れた私はやがて最寄り駅に到着して、いつもと同じ時間の電車に乗った。

私はいつも通勤ラッシュを避けるために、ピーク時より一時間早い電車で会社に向かっている。私は人ごみが嫌いだし、それに、弁当の入ったコンビニのビニール袋を提げたまますし詰めの満員電車に乗るわけにもいかない。それなら会社近くのコンビニで買えばいいと思うだろうが、後述の理由により会社の最寄り駅を降りてから先にコンビニはない。我が家の最寄り駅から会社の最寄り駅までは乗り換えもなく、弁当を買うために途中で降りるのも面倒だったので私は毎朝、弁当の入ったビニール袋を提げて電車に乗っている。

私はいつもと同じ時間の電車、いつもと同じ車両に乗って、なるたけ周りに人のいない場所に座った。電車が走り始めて十分ほどすると、窓の外、屹立《きつりつ》するビルの向こうに巨大なヌメリヒトモドキの女王が見える。

十年変わらない朝の光景。いや、変わってはいるのだろう。毎日毎日見続けているせいで、その微妙な変化に気付かないだけだ。新たなヌメリヒトモドキを産み出し、そして吸収してをくり返しながら女王は日々成長している。発見当初はピンポン玉サイズの球だったのに、現在、女王の数は日本だけで百七十四体に達し、今や大きいものでは東京ドームにもまるで収まらず、最も進化の進んだ女王の形状は丸まった人間の胎児そのものだ。

この文章が誰かの目に触れる時代、女王は一体どうなっているだろうか？　やつらがなんの目的で生きているのかは明かされたのだろうか？

私の生きるこの時代には、当初人類の抱いていた危機感は薄れつつある。人間の居住区に突如姿を現す巨大粘膜を見て気持ちが悪いと感じることのできるまともな感性を持った人間は徐々に減ってきている。人間の順応力とは恐ろしい。

電車が会社の最寄り駅に到着したので席を立つと、同じ車両にいる他の乗客がちらとこちらを見やる。毎朝私と同じ時間、同じ車両に乗り合わせる名前もわからない几帳面《きちょうめん》な数人は、私がこの駅で降りることを知っているので思い思いのどこかを見つめたままだが、それ以外のほとんどの人は座席から立ち上がる私へと一瞬視線を移す。そうしない人は普段この路線を使わない人だろう。

私を盗み見る彼らが何を考えているかはわかる。その駅がどんな場所にあるかを知っている人にとって、そこで降りるということの意味するところは明らかだ。高給取り、高学歴、変人、陰気、精神疾患予備軍、そこで下車する人間に対する一般的なイメージといえばそんなところだろう。ヌメリヒトモドキ関連の会社に対する世間のイメージがまさしくそれだ。しかし一般の人々が抱くそうしたイメージは多くの場合間違いだ。少なくとも私の勤める会社では研究職以外の人間は特別給与が高いわけではないし、営業職に陰気な変人などそうそういない。そうした間違ったイメージは、ヌメリヒトモドキ研究者に対するイメージと一致している。会社の人間が皆研究者だったなら、一般の人々が抱くそうしたイメージも正しいものなのだろうけれど。

その駅で下車することが、ヌメリヒトモドキに関する業務に携わる人間へのそうした印象に直結するのは、つまりその駅を使うのがほとんど全員、うちの会社で働く社員だからだった。

ヌメリヒトモドキ関連の企業にとって機密保持は最重要課題だ。情報漏洩《ろうえい》などしようものなら、関係者の投獄だけでは済まない。もちろん私の勤める会社でもその点は徹底している。元々、戦後から続く世界でも指折りの大手製薬会社だったそこは、莫大《ばくだい》な資金と国の超法規的な援助によって駅周辺一帯の広大な土地を手に入れた。機密保持の観点からその中には、各部署のオフィスビルやその研究施設、工場などの建物がぽつぽつと点在しているだけで他には何もない。自動販売機の商品補充や食堂への食材搬入などで外部の人間が敷地へ入ることはあるが、その時の対応は少々異常にも思えるほどに神経質なものだ。搬入業者の間ではそうした厳しい管理体制について、きっとあそこでは軍事兵器でも造っているに違いない、などと揶揄《やゆ》されているらしい。

そんな風であるから、特に平日、一般の人がその駅で降りることはまずない。休日に物好きな暇人や生物学を専攻する大学生が、夏休みの時期には自由研究のため子ども達が、会社の設立した「粘液と洗剤の科学館」を訪れるために降りるくらいだ。

この時間、駅の構内は閑散としている。売店の類《たぐい》もここには一切ない。電車を降りた私は、静かな駅の中を会社方面の改札に向かった。社名がつけられたその改札の前では数人の警備員が待ち構えており、必ず社員証の提示を求められる。社員証を渡すと警備員はそれを専用端末で読み込み、本社のデータと照合する。問題がなければ改札を通る許可を得られるので、駅を出て短い通路の先で二度目のセキュリティチェックを受ける。空港の手荷物検査を厳しくしたようなものだ。所持品を暴かれ、全身スキャナーで裸体を見られる。

それが終わると防護ガラスの自動ドアを通って、無数の端末が設置してある「照合ホール」と名のついた広間に入る。社員ナンバーと七桁《けた》のパスワードを入力するとその端末で社内へアクセスできるようになるので、所属部署、所属課へと繋《つな》ぐ。誰かが社内に残っている場合は社員が、誰もいない時は担当の警備員が、モニター越しに顔を見て本人確認を行う。そして入力された社員ナンバーに該当する社員と、端末を操作している人物が同一人物だと確認されると次のセキュリティゲートが開く。そこを通るとやっと、広大なエントランスホールに着く。

それぞれのオフィスビル、研究所、工場が建っている敷地に面した壁は一面がガラス張りで、天井まで地上五階分の高さがある。あちこちに観葉植物が葉を伸ばすエントランスホールは、ヌメリヒトモドキ関連の業務を行う会社とは思えない開放的で爽《さわ》やかな場所だった。私にはむしろそれが歪《いびつ》に見える。ヌメリヒトモドキのイメージを掻《か》き消そうと、躍起になっているように感じる。

その日もいつも通り滞りなくエントランスホールに行き着くと、私はソファに腰を下ろした。エントランスホールには五つの停留所があり、数分おきにバスが来る。どのバスも車体に社名とロゴマークが大きくプリントされていて、それぞれに色が違った。私が乗るバスは明るいオレンジ色だ。その色合いは毎朝、私を落ち着かない気分にさせた。

バスはそれぞれ決められたコースを走り、敷地内を巡回するようになっていて、勤務先へと向かうバスが来るまではホール内で待つことになる。私はスーツのポケットに入れた社員証を取り出した。バスに乗る時も乗車口にある端末に社員証をかざす必要があり、自分の勤務先へ向かう以外のバスには乗れないようになっていた。

エントランスホールからは、巨大なガラス越しに広大な敷地のところどころで無骨な建築物がそれぞれ孤独に佇《たたず》んでいるのが見える。私の勤める研究所も、遠くに確認できた。頑《かたく》なさを司《つかさど》るような濃い灰色で、ただ四角いだけのシンプルな形をしており、エントランスホールから眺めた小さな姿はもうまるっきり箱のようだった。

暗喩《あんゆ》的だった、実に皮肉交じりなメタファー。今にも弾《はじ》けそうなほどぱんぱんに病的な憂鬱《ゆううつ》を閉じ込めた巨大な箱。目を凝らせば、漏れ出した憂鬱と、ヌメリヒトモドキの湿度が混じって起こった凄惨《せいさん》な化学反応によって、研究所の周辺だけがゆらめいているようにも見えた。錯覚だろうか。恐らく、錯覚だろう。視界の隅にこちらへ向かってやってくるバスの影を認めた私は、ソファから腰を上げた。

私は他の誰よりも早く研究所に着いて、ヌメリヒトモドキの飼育観察のために泊り込んでいる宿直の研究員からの引継ぎを受け、その日の研究業務が滞りなくスムースに開始できるよう、一人でできる範囲の準備を済ませてしまう。結果がどうあれ、何ら生産的な理由からそうしているわけではなかった。ただ私は、通勤ラッシュの人ごみが嫌いだからだ。

早くに着いて、他にすることもないからだ。しかしそうした習慣によって私は、人から勤勉だと評価されていた。まあ、確かにそうかもしれない。妻の言葉を借りれば、そう、私はコンピューターなのだから。コンピューターは勤勉だ。

「イイジマ個体の記憶内容はやはり、イイジマ研究員と完全に一致しているようだ」

数十分後、しかし研究所内はそんな話題でわやわやとパンク状態にあり、早朝の私の準備にもかかわらず通常の研究業務はその朝、どの研究ブースでもまるで開始される気配はなかった。イイジマ個体とは、私の研究チームの副主任であるイイジマ研究員の情報をヌメリヒトモドキに与えて進化させた結果、イイジマ研究員とそっくりの容貌《ようぼう》に進化したヌメリヒトモドキのことだ。

驚いただろうか。ヌメリヒトモドキが人間個人とそっくりに進化することがあるなど。初めてその事実を知った時は私も驚いたし、戦慄《せんりつ》した。全てのヌメリヒトモドキが同じように誰か個人へと進化しようとしているのかどうかはわからないが、少しずつ人間へ近付いているヌメリヒトモドキの進化の形、その一つの完成形がイイジマ個体であり、そして後述の彩本《あやもと》個体だ。私達研究者は、そうしたヌメリヒトモドキのことを完全人間近似個体と呼んでいる。こうした事実も政府から厳重に箝口令《かんこうれい》が敷かれた重要機密だ。また一つ、私は無期懲役へと近付いた。

イイジマ個体についての実験は、去年の冬、アイドルの彩本ユウリが変死した事件に端を発している。これを読んでいる方は彩本ユウリをご存知だろうか？　その時代にはとうに忘れ去られているかもしれない。元よりアイドルには疎く、事件当時には既に妻を失ってテレビを観ることもなくなっていた私は、研究所でそのニュースを聞かされるまで彼女を知らなかったのだが、相当に人気の高いアイドルだったようで、その事件は世間にとてつもなく大きな衝撃を与えた、らしい。

自宅の一室で窒息死していた彼女は、熱狂的なファンの男性によって殺害されたのだと、テレビでは伝えていた。真実は違う。真実は限られた一部の人間だけが知ることを許されている。そして、私はその一部の中にいた。彩本ユウリは、ヌメリヒトモドキに殺された。自分と瓜二つ《うりふた》に成長したヌメリヒトモドキに、殺された。彩本ユウリは性的倒錯者だった。自分で捕まえてきたヌメリヒトモドキを自宅へ監禁し、痛めつけることで性的欲求を満たしていた。私の、最も嫌悪する部類の人間だ。

彩本ユウリは、自宅地下室に監禁したヌメリヒトモドキのもとに行くと、まずドラッグを摂取し、自分の話をする。今日の出来事、自分の出生、将来の夢、様々なことを話す。そして突如絶叫する。誰かに抱いたわずかな苛立《いらだ》ち、忘却の淵《ふち》にある些細《ささい》な悔恨、理想と現実との小さな差異、ほんのちょっとしたフラストレーションが引き金になって、狂ったように咆哮《ほうこう》する。そしてヌメリヒトモドキをめちゃくちゃに傷つけようとする。縛り上げて拘束し、カッターで斬りつけたり、バーナーで焼いたり、拳《こぶし》で殴りつけたり、果てには銃弾を撃ち込んだり――。

もちろんそんなことをしてもヌメリヒトモドキにはいかなる苦痛をも与えられはしないのだけれど。あいつらは超高濃度の放射能に晒《さら》されても宇宙空間に放り出してもへっちゃらに生命活動を営める。そんなあいつらを嗜虐《しぎゃく》願望の対象にしようというのがそもそも私には理解できないのだが、まあそれでも彩本ユウリの欲望は充足されていたようだから、ヌメリヒトモドキへ実際に痛みを与えることができる必要は彼女にはなかったんだろう。

そんな風にして彩本ユウリは、ドラッグと暴力で欲望を満たしていた。彼女とヌメリヒトモドキとの秘密の生活は長らく続いたようだが、そのうちに当然、彼女のヌメリヒトモドキも女王との融合欲求を示し始める。

少し話が逸《そ》れるが、ヌメリヒトモドキについての一般的な知識からすると、あいつらは女王から分裂するようにして産まれ、やがて女王と融合することによってその生涯を終えると考えられているに違いない。その認識は間違っている。あいつらは女王と融合してもその個体が消滅するわけではない。ヌメリヒトモドキは女王との融合を経て、融合前よりも人に近くなって再び世に放たれる。女王から発生したヌメリヒトモドキの新しい個体は、恐らくは外界の情報収集としての意味を持つと考えられている「徘徊《はいかい》」と、女王との「融合」とを繰り返すことによってその進化度を高め、徐々に人に近い姿へと変貌していく。

しかしもちろんヌメリヒトモドキについて一般的に知られていること以上のことをただ

のアイドルである彩本ユウリが知っていたはずもなく、自分のヌメリヒトモドキに強い愛着を持ち始めていた彼女は、極々一般的な知識に則《のっと》った判断により、そのヌメリヒトモドキが女王と融合することで自分の手元から永遠に失われるのではないかと恐怖した。そしてであろうことか、ヌメリヒトモドキと女王との融合を阻止しようとした。

どんなことにも苦痛や恐怖を感じないヌメリヒトモドキだが、実は融合欲求が満たされないことが、あいつらにとっては唯一の、そして最悪の、苦痛になる。彩本ユウリの自宅地下室に監禁されていたヌメリヒトモドキも例外ではない。日毎増す耐え難い欲求に、どれだけ苦しんだのか。不快という感覚とは無縁のはずの生命に与えられる唯一の渇きとはどれほどのものなのだろう。

これは一般的にも認知されているだろうが、ヌメリヒトモドキは生き物の死骸《しがい》や、人間の髪の毛、爪、歯、血液、唾液《だえき》などに異常な執着を見せ、それらを摂取しようとする。それをもってヌメリヒトモドキを「人喰《く》い」と呼ぶ人々もいるようだが、しかし、ヌメリヒトモドキが生きた人間からそれらを奪い取ろうとすることは決してないし、食べるために生き物を殺すことも絶対にない。髪や歯なら抜け落ちたもの、爪なら切り落とされたもの、血液も唾液も、体外に流れ出たものにしか、なぜか関心を示さない。生きた人間の一部として存在するそれらに対しては無関心なのに、それらが人間の体を離れて「物」と化した時、何があいつらをそんなにも惹《ひ》きつけるのか、それらを食べようと躍起になる。

死骸の場合も、やつらは生きている限り絶対に手を出そうとしないが、器としての肉体から命が抜けて蛋白質《たんぱく》の塊に変わった途端、それを浅ましく貪《むさぼ》り始める。少なくともやつらが栄養に惹かれているわけではないことだけは確かだ。一説には遺伝子を摂取しているのではないかと言われている。

ともかく、彩本ユウリもヌメリヒトモドキのその特性を知っていて、秘密の儀式のパートナーを手なずけるために、自らの髪や唾液を与えていた。彼女のヌメリヒトモドキは、彼女に捕獲された当初からある程度の知能を有するほどには進化度が高かったようで、そうして充足をもたらしてくれる彩本ユウリには実に従順だった。しかし、融合欲求の渇きはそんな忠誠をたやすく塗り替えた。

ある日、秘密の儀式のために彩本ユウリが地下室へ向かうと、ヌメリヒトモドキが拘束を振り払って彼女に襲い掛かった。この時はまだ、彩本ユウリは殺されない。彩本ユウリの自宅から逃げ出したヌメリヒトモドキは、真っ直ぐに女王のもとへと向かう。顔の売れている彩本ユウリはすぐにその後を追うこともできず、然《しか》るべき準備を終えて自宅から一番近い女王のもとへ到着した時には既に、ヌメリヒトモドキは女王と融合した後だった。

しかし、そのことを知る術《すべ》などない彩本ユウリは、もしかしたらまだ女王のもとには到着していないかもしれない、自分の方が早く着いたのかもしれないと、わずかな希望にすがって周辺を探し回った。その間中、彼女はドラッグを摂取し続けており、そのせいでもあったのだろうが、彼女のヌメリヒトモドキがどこにもいないことは明らかだったのに、狂気の捜索は数十時間にも及んで、彼女はその深い絶望と疲労、加えてドラッグの作用によって様々な幻覚を見始めていたという。

捜索が開始されてから二回目の日も昇ろうかという時、女王から彼女のヌメリヒトモドキが新しく産まれた。彩本ユウリはヌメリヒトモドキが女王と融合することによってその個が失われるという間違った認識を抱いていたにもかかわらず、しかも彼女のヌメリヒトモドキは女王との融合を果たし、進化度の上昇に伴って外見が大きく変わっていたのに、そのヌメリヒトモドキが自分のパートナーだということにすぐ気が付いた。

なぜなら、そのヌメリヒトモドキは自分と容姿がよく似ていたからだ。まるで無念に水死した人間の亡霊のように青白い粘膜の体も、ただ人間のそれに似せてあるだけで機能的な意味はない眼球の真ん中で光る青い瞳《ひとみ》も、糸を引いて粘液を滴らせるぬるぬると濡《ぬ》れた海草のような頭髪も、そいつは全くヌメリヒトモドキではあったのだが、しかし、体のラインや顔の造形が明らかに自分のそれであると感じられたらしい。彩本ユウリは嬉々《きき》として生まれ変わったパートナーを地下室へ連れ帰り、ドラッグと虐待の日々を再開した。

そして彼女は気付いてしまう。どことなく自分に似通ったそのヌメリヒトモドキを痛めつける快感が、以前よりも増しているということに。彩本ユウリはある仮説を立てた。自分のヌメリヒトモドキは、女王と融合することによって主人である自分に近付いていくのではないか。

彼女は、秘密の恋人が失われてしまうかもしれないという巨大な怖《おそ》れと、それをもっと自分に似せたい、自分に近づけたいという欲望との間で葛藤《かっとう》し、懊悩《おうのう》の末に結局、ヌメリヒトモドキと女王との融合を積極的に促し始めた。とはいってもそのために彼女ができることといえば、ただ、融合欲求を少しでも示したのと同時に、女王のところまで送ってやるくらいだったのだが。しかしその結果、彼女の仮説通り、ヌメリヒトモドキは女王との融合を経る度にどんどんその主人に似通っていった。

彩本ユウリは自分自身の容貌《ようぼう》を持つそのヌメリヒトモドキを今までと同じように虐待し、そして狂った愉悦を貪った。彩本ユウリはひどく自意識、自尊心が強く、自らの美貌に対して尋常ならざる自信を抱いており、自分自身こそが最も尊ばれて当然の存在であるということを何の迷いもためらいもなく断言できるほどに強い自己愛を内包していた。恐らくはその巨大な自己愛を所以《ゆえん》にして彼女は、自分の容姿をしたヌメリヒトモドキを虐待するという行為を通じて、自分自身へ加虐することへの歪《ゆが》んだ快感を見出《みいだ》してしまったのだろう。

マルキ・ド・サドもそうであったのと同じように、彩本ユウリも純粋な加虐嗜好だけを持つ性的倒錯者だったわけではなく、どうやらその内に大きな被虐願望をも抱えていたようだ。それ故に、自分よりもひどく醜く、同時に自分に似てとても美しいもう一人の自分自身を虐待するという、被虐願望と加虐願望の両方を同時に満たすアルゴラグニーの極致を知ってしまった彼女は、いよいよその閉じられた甘美な内省の地獄から抜け出す術を失った。

彩本ユウリのヌメリヒトモドキが何度目の融合でそこに至ったかを私は正確に知ることができなかったが、ある日、女王から新たに産まれ出た彼女の秘密の恋人は、彼女と決定的に同一の外見になっていた。冷たい色合いやぬるついた皮膚、生臭さ、濡れた体毛、爪や歯がないという点など、ヌメリヒトモドキとしての特徴は備えたまま、しかしその顔立ちや体つき、細かな体の歪み、骨格の小さな凹凸などは、そっくりそのまま彩本ユウリ本人のものだった。

しかも驚くべきことに進化したヌメリヒトモドキは、最後に女王と融合する直前までの、彩本ユウリ本人の記憶を丸ごと持っていた。そして、それに基づいて形作られた彩本ユウリ本人の心をもそのまま有していた。つまり、彩本ユウリのヌメリヒトモドキは、ヌメリヒトモドキの醜悪な外見的特徴以外は完全に彩本ユウリ本人へと進化したのだった。

そして、ヌメリヒトモドキの彩本ユウリは、本物の彩本ユウリを殺した。

頷《うなず》ける。実に頷ける話だ。どれほどの困惑、混乱だったろう。彩本ユウリになったヌメリヒトモドキにしてみれば、ヌメリヒトモドキとしての記憶も保有してはいたが感覚的には「彩本ユウリである自分がヌメリヒトモドキになってしまった」のとほぼ同義だったはずだ。いつも通り女王とパートナーとを融合させたところで記憶が途切れ、気付いた時には自分がヌメリヒトモドキとなっており、目の前には人間である自分自身が、快楽への期待と膨らみ切った欲情とを露《あらわ》に、獣然とした瞳でこちらを見つめている。あまりの事態に混濁した意識でヌメリヒトモドキの彩本ユウリは、思わず目の前にいる自分自身に手を掛けたのだろう。

本物の自分を殺したところで、本物として存在することのできる権利を奪えるわけもない。そもそも自分はヌメリヒトモドキであって、本質的に彩本ユウリではないのだから。自分こそが偽物であって、目の前にいる人間の彩本ユウリこそが本物の彩本ユウリなのだから。いくら彩本ユウリとしての記憶と心を持っていようと、隠しようもないほどに、生臭い臭気が自分を包み込んでいる。人間の心に目覚める以前の、彩本ユウリに虐待されていたという記憶を持っていることから、偽彩本ユウリにも自らがヌメリヒトモドキの進化した存在であるという確かな自覚はあっただろう。しかし当然、そんなことを冷静に考えられるはずもなく、仮に考えられたとしても彼女の陥った状況とは、理論的に納得して感情を抑えられるような類《たぐい》のものでも決してなく、現にヌメリヒトモドキの彩本ユウリは人間の彩本ユウリを殺した。

そうして彼女は警察に保護され、政府の手回しにより私の所属する研究所へと護送されてきた。当然ヌメリヒトモドキである彼女には一切の人権がなく、そのうえ人間と同じ知能と言葉を持っているため、彼女は最上至高の研究資料として研究所に迎え入れられた。彩本ユウリに関する以上の話は全て、彩本ユウリになってしまった完全人間近似個体のヌメリヒトモドキ、通称「彩本個体」から聞いた話だ。彼女は最重要研究資料として現在も研究所のどこかに厳重に保管されているはずだ。

彩本個体が研究所に提供された当時は、研究員間で交わされる話題はそのことだけで占められていたし、どの研究ブース、研究チームでも、彩本個体についての実験ばかり行われていた。なぜ、ヌメリヒトモドキが彩本ユウリの心を持ったのか。その謎が解かれ、彩本個体についての多くが明らかになれば、ヌメリヒトモドキの進化、そして女王の成長が行き着く終着点などが解明され、ヌメリヒトモドキ研究の大きな前進になるのだから、当たり前といえばまあ、当たり前の騒ぎではあったのだけれど。熱心な研究員は研究成果を上げようと必死だった。もしその研究過程でヌメリヒトモドキの駆除方法でも見つかった日には、全人類の英雄、地球の救世主になれるのだから、そうした名声に憧《あこが》れている類の研究者であれば、彩本個体についての研究に熱くなるのは当然だ。

研究所内のそんな喧騒《けんそう》の中で、しかし私はひどく沈んでいた。誰よりもヌメリヒトモドキを嫌い、ただ成り行きでその研究員になり、義務と責任だけに背中を押されて全自動的に働いているこの私が、彩本個体関連のとある重要な実験を行うために作られたいくつかの研究チームのうちの一つ、その主任に選ばれてしまったからだ。

高い給与や素晴らしく充実した福利厚生、融通の利く勤務時間など、国から大きく援助を受けているこうしたヌメリヒトモドキ関連の大手会社は、公務員や他のどの企業よりも待遇が良かったが、それでも、その職場環境は致命的に劣悪だった。誰が悪いという話ではない。全てヌメリヒトモドキのせいだ。どんなに職員達への待遇を良くしても、どんなに職場環境を改善したとしても、ヌメリヒトモドキと関わっている以上はもう、そこはどうしようもなく劣悪にならざるを得ない。前述の清掃作業も原因の一つだ。

世界平和や大きな名声を目指して大きな野心と共に研究員になった者も、純粋な好奇心からヌメリヒトモドキの研究をするために研究員になった者も、ほとんどの者はそう長くかからずに研究所を去った。長らくこの職場で働いていくためには、そうした強い志や動機だけではまるで不十分だ。必要なのは、麻痺《まひ》した心。水棲《すいせい》生物の死体を人間に似せて成形したような生物に対して無機的な観察眼を維持するためにも、脳の髄から揺さぶられるような不快極まりない臭いや触感をやり過ごすためにも、とにかく持っていなければならないのは、冷え切って感覚のなくなった精神だ。その上でこの仕事に対する志があればなお良い。しかし、それらを両方とも持っている人間は少なかった。

自然、次々に研究員が入れ替わる中で、まだ三十五にも満たない私が、研究所では古株の一人だった。だから研究チームの主任として抜擢《ばってき》されたことには、驚きよりはむしろやっぱりそうなったかという落胆の気持ちが大きかった。彩本個体について知った時に思いついた私の計画を考えれば、そのタイミングで彩本個体の実験に深く関われるのは実にありがたいことでもあったのだが、しかし何も私が中心になる必要は全くなかった。

3

イイジマ個体は、私が主任となったその研究チームによって人為的に進化させられたヌメリヒトモドキだ。私のチームが行ったイイジマ個体育成実験は、彩本個体が彩本ユウリの何をもってその記憶や外見的特徴の情報を得たのか、という点を明らかにするために行われたいくつかの実験のうちの一つだった。彼女が与えていたという髪や唾液《だえき》からだろうか、それとも彼女の話す彼女自身の話からだろうか。実験方法の詳細については割愛する。私の書くこの手記にとって最も重要な意味を持つ結果についてだけ記述すれば、それはヌメリヒトモドキを人間一個人へ進化させるために、必ずしも進化対象と直接顔を合わせなくても良いということだ。イイジマ個体にはイイジマ研究員の姿を一度も視認させていないし、その声も聞かせていない。それでも数々の材料によってイイジマ個体は、イイジマ研究員の心と容貌《ようぼう》を獲得した。

女王から分裂したイイジマ個体が人としての意思を持っていると確認されてすぐ、イイジマ個体の記憶や性格特性が果たして本当にイイジマ研究員のそれと一致しているか、様々な実験が行われた。そしてその日の三日前、週末を挟んだ金曜日に、イイジマ個体は完全にイイジマ研究員をコピーしているという結果が示されたばかりだった。だから、実験結果が研究所内で公表された初日、月曜日のその朝、研究員達がひどく興奮しているのも仕方のないことだと私は感じた。しかし他の誰が自分の研究に手がつかないとしても、私だけは休むわけにはいかない。私が主任を務めるチームこそが、イイジマ個体を造り上げ、研究所の話題をさらっているのだから。

イイジマ個体についてはまだまだ確認、検討しなければいけない事項が山ほど残っている。もとよりこの悲しい性格上、研究所の話題をさらっているのが私のチームではなく、加えて私以外の誰もが手を休めていたとしても、私はいつも通りに業務を遂行するのだろうけれど。

「主任、おはようございます」

チームに割り振られた専用ブースで書類の整理をしながらメンバーの到着を待っていると、チームの紅一点であるカンナミ研究員が、背後からそう声を掛けてきた。カンナミ研究員は私が振り向くよりも早く、さっと私の背に迫ると両手で私の肩を掴《つか》み、まだ寝不足が続いているんですか、と言って私の張った筋肉を揉《も》み解《ほぐ》すように親指を食い込ませた。

私はカンナミ研究員の手を取ると、優しく、しかし速やかに、その手を肩から振り解《ほど》いて、彼女に振り向いた。質問には答えずにただ形式的に朝の挨拶《あいさつ》を返して、握っていたカンナミ研究員の手を離そうとする。しかし、私が手を開いたのと同時にカンナミ研究員の方がその手をきゅっと握って私を捕まえた。自らの意思の外、赤の他人から与えられる緩やかな圧力と血潮のぬるさにずきんと胸が痛んだが、カンナミ研究員は一瞬の後すぐそれを解いて腕を下ろすと、椅子を引っ張ってきて私の向かいに腰を下ろした。そして欠伸《あくび》をする。気だるそうだ。

「イイジマさんの行方はわかりましたか？」

カンナミ研究員の質問に、私は黙って首を振った。彼女は、そうですか、と囁《ささや》いて、奇妙につややかな唇の間からふぅっと小さく湿った呼気を漏らした。彼女の纏《まと》う、そのむせ返るほどに甘く湿った空気に当てられると、脳裏にぱっと、ヌメリヒトモドキがぐにゃぐにゃと身悶《みもだ》えする映像が閃《ひらめ》いて、ざわり、薄く肌が粟《あわ》立った。

カンナミ研究員と話す時、度々その感覚を私は味わってきた。サブリミナル効果のように、何度も繰り返されることでそのイメージはいつしか私の脳内でカンナミ研究員とヌメリヒトモドキとを結びつけてしまった。カンナミ研究員が彼女独特のべたついた雰囲気で私に接する時、私がヌメリヒトモドキを想起してしまうのは既に反射だった。

「自分から志願して進化対象になったのに、イイジマさんたら、いなくなってしまうなんて身勝手な人。恐ろしいのなら初めから志願なんてしなければ良かったのに」

そう、イイジマ研究員はいなくなってしまった。先日の土曜深夜の時間帯に、週末のヌメリヒトモドキ管理で当直の一人だったイイジマ研究員は、担当の時間になっても研究所に現れず、そして現在まで全く連絡が取れていない。

実はイイジマ個体がイイジマ研究員と同じ心、記憶を持っているということが判明した金曜日の午後、イイジマ研究員とイイジマ個体はその時初めて顔を合わせたのだが、イイジマ研究員が研究所へ現れなかったのがそのすぐ翌日ということもあって、彼についてのひどく悲観的で不吉な憂慮に取り憑《つ》かれた研究員が一人いた。

彼はついぞ現れなかったイイジマ研究員と入れ替わりで家に帰れるはずだった研究員で、イイジマ個体を造った私の研究チームの一員でもある。もしやイイジマ個体との対面がイイジマ研究員に致命的な悪影響を及ぼしたのではないかと心配した彼は、研究所所長や主任である私を始め、イイジマ研究員の居場所に心当たりのありそうな研究員へ片っ端から連絡を入れた。そのためイイジマ研究員個体についての詳細が所内で公表されるよりも前に、イイジマ研究員が失踪《しっそう》したという事実は研究所中に知られることとなった。

「イイジマ研究員は、自分と同じ顔と心を持つヌメリヒトモドキと対面して発狂したらしい」という噂が週末、会社も休みだというのに研究員達の間で瞬く間に広まった。だからその月曜の朝、実験結果が公表されるよりも前に、イイジマ個体の記憶内容がイイジマ研究員のそれと一致しているということは、誰しもが半ば確信的に予想していたことだった。

金曜日のイイジマ個体とイイジマ研究員との対面には当然私も立ち会っていたが、その時のイイジマ研究員は、あくまでも科学者としての客観的な視点に立ってイイジマ個体と話をしているように私には感じられた。

人道的、道徳的に許されず、人として備わっているべき最低限の善意やモラルが欠如していると受けとられることを覚悟して書こう。しかし、曲りなりにも私も科学者の一人であり、時に科学者は求知心のために冷酷な視点をも持ち得るのだということを十分に理解していただいた上で、その気持ちを正直にここで白状する私をできればご容赦願いたい。

つまり、自分と同じ心を持ったヌメリヒトモドキと対面した人間がどういう心理状態に陥るのか、彩本個体と対面した彩本ユウリが死んでしまったためにその時点でそれについては全くわかっていなかったので、私はイイジマ研究員を襲うであろう心理的変化に抑えがたい好奇心を感じており、その時の彼の反応を仔細《しさい》漏らさず観察していたのだ。

科学者としての私にとっては退屈極まりないことだったが、そんな私の観察眼にもイイジマ研究員は全くいたって冷静にもう一人の自分自身と対峙《たいじ》しているように見えたのだから、同じく彼らの対面に立ち会った誰しもが、恐らくはその内でどうしようもなく激動していたイイジマ研究員の心のありようには気付いていなかったろう。現に私の研究チームメンバー全員が、その対面に伴うイイジマ研究員への精神的ダメージについての当初の憂慮が杞憂《きゆう》に終わったようだと安心していた。

カンナミ研究員はイイジマ研究員について身勝手などという言葉を用いたが、自分と同じ顔と心を持つヌメリヒトモドキと対面することによって心に生じる波紋がどの程度に自分の価値基準を変容させてしまうか、正確に想定することなど誰にできるだろう。もう一人の自分自身と出会う経験など誰も持ち得ない。江戸《えど》川乱歩《がわらんぽ》の『鏡地獄《かがみじごく》』に出てくる球体鏡と同じだ。イイジマ研究員は、球体鏡の中に入って発狂した「Kの友人」になってしまった。まあ球体鏡は、内部に入った人がどのような像を見ることになるのか既にわかっているから、現代においてその例えは少しズレているかも知れないけれど。

ともかく、イイジマ研究員の認識が甘かったとは言えるかもしれないが、それは責められることじゃない。もしその点について言及するのだったら、我々の研究計画こそが不完全であったと言うべきだろう。確かにイイジマ研究員はヌメリヒトモドキの進化対象に自ら名乗りを上げ、イイジマ個体との対面にも積極的だったが、チームの合意を覆してまで彼が自分の主張を通すことなどできない。そもそも彼をイイジマ個体に対面させないという選択肢も取り得た。だからイイジマ研究員を身勝手と称するのは責任逃れでしかないと、私には感じられてしまう。

まあ当時は所長以下研究所内の誰しもが、失踪の原因はイイジマ研究員自身の性格によるものだという暗黙の共通認識を強烈に抱いていたため、カンナミ研究員の言動について私はそのように感じていたのだが、今になってみると、研究計画の不完全さが原因であるとすればイイジマ研究員失踪の責任はチーム主任である私が取るべきで、カンナミ研究員はそのことをわかっていたからあたかも失踪の責任がイイジマ研究員自身にあるかのような言い方をしていたのかもしれない。

「イイジマさんが帰って来なかったら、私を副主任にしてくださいよ。イイジマさんより、よっぽど良い仕事します。きっと、お役に立てると思うなあ」

しかしそう言ってべたべたと微笑むカンナミ研究員を見て、否《いや》が応でも私の脳裏にヌメリヒトモドキが浮上する。


チームメンバーが揃うと、私は彼らを率いてイイジマ個体のいるケージに向かった。私達の背中を、他のチームの研究員達の好奇の視線が突き刺す。

「おはようございます、主任。本物の僕はまだ見つからないんですか？」

イイジマ個体は私の姿を見るとすぐ、イイジマ研究員についてそう言及してきた。照明をてらてらと反射するぬめった顔面に、嘲《あざけ》るような薄ら笑いを浮かべている。私は表情を変えずに白を切るつもりでいたが、メンバーの一人が明らかにうろたえて、誰からそのことを聞いたのかと声を荒げたことでその目論見《もくろみ》は失敗に終わった。イイジマ個体の鎌掛けにのった研究員を睨《にら》んで、カンナミ研究員が舌打ちする。

「誰からも聞いていませんが、週末当直の皆の様子がいかにもおかしかったので。それに、僕と本物の僕は同じ心を持っているんですよ。本物の僕が何をどう感じ、どう考えるかということは、この地球上で僕が一番よくわかっています。もしも、本物の僕が、何かの事故や事件に巻き込まれてしまったのではと心配している方がいらっしゃったら、それは杞憂だとお伝えください。本物の僕は間違いなく自分の意思で姿を消しました」

しかし、同じ心を持っていながらなぜ、イイジマ研究員はもう一人の自分との対面によって失踪するほど心を荒らされたのに、イイジマ個体はこんなにも冷静でいられるのか。私が開き直ってそのことについて質問すると、イイジマ個体は歯のない口を、ぬちゃり、開いて歪《いびつ》に微笑んだ。

「恐怖というのは、その対象が持つ実体よりもむしろ、それに対する想像や予感、予見からこそ生まれるものです。こうして自分の心を持ったヌメリヒトモドキと対面してみて、もし自分がこっち側の役割を得ていたらという恐れや、事実こっち側の役割を得てしまった僕への罪悪感が、今一度どうしようもなく現実的に本物の僕を毒したのでしょう。何せ、この世に息づく他の誰よりも、僕らは他人でいることができない二人ですから。その点僕には後悔はあっても罪悪感はないし、それに、本物の僕の心を得る前の記憶、つまり、ただのヌメリヒトモドキとして生きていた頃の記憶をも持っている僕には案外、こうしてヌメリヒトモドキの生理に支配されて生きなくてはならないというのも、本物の僕が考えていたほどには辛《つら》いものではないですし」

イイジマ個体は口から大きな粘液の塊を出してそれを自分の手で受けると、潰《つぶ》したり、伸ばしたりしてそれと戯れた。むちゃむちゃと汚猥《おわい》な音が耳に障る。かつての同僚をそっくり模したその下品な生命体の汚らしい挙動を見て、カンナミ研究員以外のメンバーは多少なりとも表情を曇らせた。重く僻《ひが》み臭いイイジマ個体のそのわざとらしい行動に対しては無感動を装って、私はメモに目を落としながらその日の体調と気分について尋ねた。

「体調は最高です。でも、気分は最低です。もしヌメリヒトモドキとしての記憶がなかったら、本物の僕が恐れていたように、ヌメリヒトモドキの体で生きることになど、耐え切れなかったでしょう。もっとも、耐え切れなかったからといって、この体では自殺もできませんし、気が狂うことができるかどうかもわかりません。ああ、全く、まさか僕がこっち側になるなんて」

イイジマ個体はイイジマ研究員と同じ記憶を持っているため、彩本個体と同じように、感覚的には人間であった自分が突然ヌメリヒトモドキの記憶とヌメリヒトモドキの体を得ていたことになる。運悪くヌメリヒトモドキの体を持つ方のイイジマ研究員として産まれ落ちてしまったというその感覚を指して、イイジマ個体の中にあるイイジマ研究員の心は「こっち側になってしまった」などといった表現を好んで用いていた。悲劇的な響きよりもむしろ自虐的で皮肉っぽい印象を与えるようにその表現を度々口にするイイジマ個体が、それによって自らの人間性を必死で肯定しようとしているように私には思えてならなかった。自分が人間であるイイジマ研究員と同じ精神を持つ者であるということを、無意識にアピールしているのではないかと感じられる。

所詮《しょせん》ヌメリヒトモドキでしかないこのイイジマ個体が、人間の無意識の働きまでも忠実に再現しているのだとすれば、実に興味深いことだった。

その日は簡単な問診の後、イイジマ個体のヌメリヒトモドキとしての機能に変化がないか検討する予定だった。超高熱、超低温、真空、高濃度放射能、水圧メス、強酸性ガス、銃弾、高圧電流、毒薬などに晒《さら》して変化を見るのだが、同じ実験を既に彩本個体で行っており、ヌメリヒトモドキとしてのバケモノじみた頑丈さはいささかも失われていないという結果が得られていた。だからイイジマ個体のそれは追実験だった。

手続きも彩本個体の時と変わらず、何の問題もなく進行すると思われていたのだが、私のいくつかの質問に答えた後イイジマ個体を実験室に移動させようとすると、何の実験が行われるかを悟ったイイジマ個体は激しく抵抗し始めた。ケージの壁が迫《せ》り出してきてコンテナに収容され、そのまま強制的に移動させられることになるので抵抗はまるで意味を成さない。そうしたケージの仕組みのことも、加えて彩本個体について行われた同じ実験の結果も知っているはずなのに、イイジマ個体は罵詈雑言《ばりぞうごん》を吐き、壁を叩《たた》き、懇願し、実験の中止を訴えた。その恐怖は明らかに、イイジマ研究員の人間としての記憶に基づいているものだった。そのことから、どんな刺激も苦に感じないヌメリヒトモドキとしての記憶よりも、苦痛を忌避して死を恐れる人間としての記憶の方が深く、イイジマ個体の精神に根付いているのだと考えられた。

4

「今日もコンビニのお弁当ですか？　たまには一緒に食堂行きましょうよ」

昼休み、昼食を取るために弁当を抱えて研究所からエントランスホールへ向かうバスに乗ると、慌てて同じバスに乗り込んできたカンナミ研究員が私の姿を見つけて、そう声をかけてきた。

「本当に好きですね、そのお弁当。いつも同じものばかり食べてるんだもの。主任が選ぶお弁当のバリエーションって三種類くらいしかありませんよね」

別段、いつも選ぶ三種類が特別好きなわけではなかった。いつの間にかその三種類ということで決まってしまっていた、ただそれだけだ。もちろんそんなことをいちいちカンナミ研究員に説明することはせずに、私は意味のない同意と空っぽの相槌《あいづち》を機械的に繰り返す。

社員食堂はエントランスホールのすぐ隣にある四階建てのビルがそれだ。機能性だけを考慮して設計された無粋な他の建物と違い、凝ったデザインをしている。そこだけはバスを使わなくてもエントランスホールから直接入ることができた。社員証の提示も、パスワードもいらない。ただ、部署ごとに着席できる区画が定められ、仕切られているだけだ。

昼休みになると皆そこに向かうためバスに乗るが、しかし私の目的地はそこではなかった。バスがエントランスに到着すると、カンナミ研究員と別れて私は駅に戻った。改札を通り、構内を突っ切って、駅の反対側にある一般の人々も使用可能な改札から外へ出る。するど、すぐ目の前に「粘液と洗剤の科学館」が現れる。そもそもあまり人が入らないマニアックな科学館として一部に有名で、しかも平日ということも加わり、館内を覗《のぞ》き込んでも観覧客の気配はなかった。入り口のところに、かわいらしくデフォルメされたヌメリヒトモドキがモドキタタキを持った白衣の研究員に追い立てられるイラストが描かれていて、その下に入館受付がある。中で雑誌をぺらぺらやっていた暇そうな受付嬢に社員証を見せて中に入れてもらうと、私は展示ブースへ入らずに業務用エレベーターで屋上に行った。

科学館の屋上は、観覧客が休憩できるよういくつかの東屋《あずまや》が設けられた広い庭園で、私のところのグループ会社で品種改良された色々な種類のハーブが花壇に植えられて並んでいる。エレベーターを降りて従業員用の入り口から屋上庭園に出ると、自販機で缶コーヒーを買い、一番隅にある東屋に座ってそれを飲んだ。弁当には手を付けず、缶コーヒーを少しずつ飲みながら、花壇に広がった清涼感のある緑を見つめる。

昼休み、私はいつもそこで過ごしていた。入社して半年が経ってからずっと。部署にもよるのだろうが、少なくとも私の勤務する研究所に宛がわれた社食棟の区画は、食事をするのにあまり適した所ではなかった。場所のせいではない。人のせいだ。一年中、朝から晩までヌメリヒトモドキに接している人達が集まって、そこに明るく楽しい昼食の時間が生まれるはずもない。気のせいに違いないのだが、ヌメリ臭がにおっているようにさえ感じられた。

いつしか私は息苦しさに耐えかねて社食棟に寄り付かなくなり、やがて行き着いたのが科学館の屋上庭園だった。私が家の近くのコンビニで弁当を買うようになったのもその時期だ。三年前の秋までは、私についてきたカンナミ研究員も、度々屋上庭園で一緒に昼食を食べていた。彼女はもう、昼休みにここへ来ることはなくなったけれど。

「やあ、やあ、ごめんなさいね、ずいぶん待たせてしまった」

大きな声がして、従業員用の入り口から警備員の格好をした男性が一人、屋上庭園に入ってきた。私が会釈で返すと、ぱたぱたとぎこちなく手を振って早足に近付いてくる。そして、私の弁当を取り上げ、半分駆け足で来た道を引き返していった。

「ちょっと待っててくださいね、申し訳ない」

怒鳴るようにしてそう言いながら館内へ姿を消す。男性は山崎《やまざき》という名だ。そう記されたネームプレートをいつも胸に付けている。フルネームは山崎雄二郎《ゆうじろう》というらしい。

「雄雌のオス。二番煎《せん》じのニ。太郎のロウで、雄二郎」

妙に堂々とした態度でそう言うのを何度も聞かされた。年齢は知らないが、恐らく四十後半か、もしかすると五十代かもしれない。山崎さんは、妻が死ぬ前の年の秋からここに配属された、科学館の警備と、駅で会社方面改札のセキュリティチェック担当をしている警備員だ。だから科学館以外でも時折、退社時に駅の改札で顔を合わせることがある。

山崎さんと初めて会ったのは、彼がここに配属された初日だった。その日の昼休みはカンナミ研究員も一緒に屋上庭園にいた。私達が昼食を食べているとそこに山崎さんが現れ、話しかけてきた。正直、第一印象は悪かった。十五程も年下の私にも敬語で話すほど丁寧で物腰も柔らかだったが、それでも私のように神経質な人間でなくとも彼のことは馴《な》れ馴れしいと感じるだろう。それに耳が悪いのかひどく声が大きい。また、これは本来良い特長なのだが、人の話を真剣に聞こうという態度が非常に強く、それが彼の馴れ馴れしさを良く思わない人を余計不快にさせるようだった。カンナミ研究員が屋上庭園に来なくなったのも、山崎さんがいるからだ。カンナミ研究員は彼のことが嫌いらしい。

まだ出会って間もない頃、山崎さんは私の弁当を温め直してきてあげようと言ってきた。しかし、社食棟の電子レンジを借りて温めてきたばかりだったのでほとんど冷めていなかったし、まださほど親しくない人間に自分の弁当をどこか目の届かないところへ持っていかれるのは嫌だったので丁寧に断ったが、山崎さんはほとんどひったくるようにして私から弁当を受け取り、科学館の事務所にある電子レンジで温め直してきてくれた。

彼のそういった強引さにはいつも啞然とさせられたが、屋上庭園から出てしまっては昼休み、他に行くところもなかったため、半ばやむを得ず、自然と日々顔を合わせていくうちに、彼の本質がこの上なく善良であることを知った。ただ少し、日常的な場面において彼は共感性に欠ける。

山崎さんはかつて結婚していたが子どもがおらず、奥さんを亡くしていた。

「まあ、あいつが死んでしまう前から俺はもうあいつを失っていたのですけどね。ちょうど主任さんと同じくらいの歳の頃に離婚したんです。まだ田舎で学生していた頃から二十年以上連れ添った仲だったのになあ。俺が振られたんです、悲しいな」

山崎さんの奥さんは、彼と離婚したその翌年に自殺した。詳しい理由は知らない。山崎さんにもその本当のところは分からない。

「死ぬこたあないのにな、死ぬこたあ。あいつは昔から落ち込みやすいやつでした。なんでもかんでも、小難しく考えてしまうやつだったんですよ。俺達に子どもがいなかったのも、あいつが欲しくないって言っていたからなんです。むしろあいつは子どもが好きでしたよ。でもだからこそ、きっと親になるってことを、深刻に考え過ぎちまったんだな。生きにくい女だった。生きることがすごく、へたくそな女だったんです。かわいそうになあ」

彼はよくそんな風にして奥さんのことを語った。しかし、そうしている時の彼は、同じく妻を思い出している時の私とは、明らかに異質だった。悲しみの質が根本的に違う。その所以《ゆえん》を私は知っているが、そのことはもう少し後、然《しか》るべき箇所に記述しよう。

山崎さんが館内に入っていって数分後、彼は同じ入り口から屋上庭園に戻ってきて、私の隣に腰掛けた。

「あっちぃ、あっちぃ、温め過ぎちゃったな。主任さんはまた同じ弁当ですね。まあいいや。さあ、食べましょう、食べましょう」

山崎さんは、私が主任に選ばれた時以来、私を「主任さん」と呼んでいる。もちろんやめてほしかったが、私が主任になったことを告げた時の、小躍りして喜んでくれた彼の様子を思うと少し悪いような気がして、言い出せなかった。

彼と過ごす昼休み、私達は別段多くのことを話すわけではない。ほとんどの時間は二人で黙って弁当を食べながら風に揺れるハーブを見ている。気まずくはない。彼が気まずさを感じている様子はないからだ。ただでさえ馴れ馴れしい山崎さんがもしその上、のべつまくなし話しかけてくるような人間だったなら、他に行くところがないにしろさすがに私も屋上庭園から逃げ出していただろう。

「主任さんはまだ独りなんですか？　帰りに改札でたまに会うと、主任さんはよく女連れているでしょう。カンナミさんだったかな？　あの人はコレじゃないんですか？」

そう言って小指を立て、爬虫《はちゅう》類然とした薄笑いを浮かべて私の顔を覗き込む。私が首を振ると、笑みは消さずにふんふんと頷《うなず》く。

「独りはさびしいんだ、独りは。俺は主任さんを羨《うらや》ましく思っていますよ、自分に惚《ほ》れ込んでくれている女がいるんだから。ずっと一緒にいてくれる誰かが、たぶん俺には必要なんだ、ちゃんと生きて、ちゃんと死ぬためには」

そうは言うが、山崎さんも本当は人生を共にする女性を求めているわけではないと私には思えた。私は、彼がどれほど亡くなった奥さんを愛していたかを知っている。彼が欲しいのは慰みだ、一時の感傷を癒《いや》す慰み。慰みとして機能する女性。

「慰みなんて欲しいとは思っていませんよ。俺はただ、自分の死に目を家族に看取《みと》ってほしいんです。独りこの世に取り残されて、あいつは先に逝《い》っちまって、俺はもう本当にさみしい。もしこんな俺を好いてくれる女がいるなら、そりゃあもう、一生大切にする。それを慰みだなんて考えてはいませんよ」

もし彼の言葉に偽りがないとすれば羨ましく思えるが、しかし同時に私は、そうした前向きさを蔑《さげす》んでもいた。大きな喪失を経験してもそれを乗り越えて生産的な人生を歩こうとする強さが、去っていった者への裏切りに思えてしまうほどに、その時の私はまだ妻の死に囚《とら》われていたからだ。

だが、繰り返しになるが山崎さんが奥さんを心から愛していたことを私は知っている。だからそうした生に対する能動的な態度は彼の場合、そうありたいという願いの顕現でしかないと、私は考えていた。彼の精神の実際は、どれだけの女性が彼に言い寄ったとしてもそれを受け入れることのできる隙間なんてないほどに、未《いま》だ冷たく、頑《かたく》なだ。

まあそれは、悲しみから逃れたいと願う一方で、時間の力によって悲しみが薄らぐことをもまた裏切りのように感じている私の身勝手な希望的観測ではある。亡くなった奥さんを軽んじているようにすら感じられる山崎さんの前向きさが本物だとすれば、やがて時間の経過と共にそれはまた私にも身についていくものなのかもしれない。そういう可能性が、その時の私には恐怖だった。

「全く、主任さんがいらないって言うなら俺がもらいたいくらいですよ、あんないい女。カンナミさんのこと、俺に紹介してください」

山崎さんがそれを本心で言っていないということがあまりにも明らかで、私はなんだか物悲しい気持ちになった。例えばカンナミ研究員は、山崎さんが敢《あ》えて演じる浅はかさや軽々しさによってこそ、彼を嫌っている。こうして毎日私と昼を共にしているということは、恐らくは警備員の同僚にも同じ理由で好かれてはいないのだろう。

あからさまな虚構が現実世界の中にあると、人はそれに寒々しさを感じる。明らかに意図して演出されている自己の性質というのは、往々にして他人の神経を逆なでするものだ。人からこう見られたい、こういう自分でありたいという強い願いが透けて見えるような人間は避けられやすい。

浮薄さを装っているせいで自分は人に好かれないということに山崎さんも気づいてはい

るだろう。だがそれでも彼は演じることをやめない。演じ続けることでいつしか本当に、失われた過去を顧みず、ただ来るべき未来のためにだけ生きられるようになると夢見ている。しかしその願い通り、もし彼がもう少し愚かしい人間だったなら、奥さんを亡くした後、彼はもっと幸福な人生を送ってきたはずだ。話を聞く限り、奥さんを失った後の彼の人生は幸福とは言い難い。彼はまだ、聡明《そうめい》なままなのだろう。

もっとも、死別した誰かへの想いに縛られて非生産的に生きているという状況から脱するためには、浮薄な人間になるしかないと、山崎さんがそう考えている時点で彼の試みは破綻《はたん》している。死別の悲しみを糧にして前進することのできる人間をこそ聡明と思わずに浮薄と評するその価値基準では、いつまでも死別の悲しみから目を逸《そ》らす以上のことなどできない。彼のそういう点はとても、私に似ていた。

それから私達は黙り込み、波打つ緑色を眺めながら心地の良い沈黙を過ごした。

5

「イイジマさんとイイジマ個体との間に、明らかな性格上の差異が認められましたね」

十七時、予定されていた実験を全て終えて、データをまとめ、翌日の予定についてチームメンバーとミーティングを行ってから解散した後、私だけブースに残って週末の間に収集されたヌメリヒトモドキの生体データに目を通していたのだが、そこにカンナミ研究員が戻ってきてそう話しかけた。

「イイジマ個体はイイジマさんに比べてずいぶん饒舌《じょうぜつ》でした。イイジマさんって、物静かな人でしたよね。やはり、二人の記憶内容に多少の相違があるのでしょうか」

そう、確かに今日イイジマ個体から受けた印象は、普段イイジマ研究員から受ける印象と大きく異なっていた。カンナミ研究員が言うように、イイジマ個体はイイジマ研究員に比べて饒舌で、そして我々に対してそこはかとない敵意を滲《にじ》ませているようだった。

カンナミ研究員はその原因として記憶内容の相違を仮定したが、私はそう思わなかった。間違いなく、イイジマ研究員とイイジマ個体との記憶内容は完全に一致している。そうでなくては困る。もっとも、イイジマ研究員とイイジマ個体とのその差が、果たしてヌメリヒトモドキと人間の機能的な差異によるものなのか、それともヌメリヒトモドキとして産まれ変わってしまったことによる心理的な変化によるものなのか、その時点ではなんとも判断できなかった。実は性格の変化ではなく、ただ、自らにヌメリヒトモドキとしての生を与えた我々のことを憎んでいるだけなのかもしれない。つまり、イイジマ研究員の性格には何の変化もなく、我々に対する態度だけが変化した可能性だ。

「主任、今日この後空いてますか？　食事に行きませんか」

イイジマ個体とイイジマ研究員との差異についての私の見解にはさして興味も示さずに、

カンナミ研究員はそう言って私を誘った。彼女はそうして度々私を食事に誘う。基本、断る理由のない時はその申し出を受ける。しかし、私は大きく時間を浪費するわけにはいかなかった。どうしても、その夜の私には、時間が必要だった。もしや訪れるかもしれない新しい日々のために。

私が断ると、カンナミ研究員はふと壁に掛けてあるカレンダーに目をやって、何かご予定があるんですか、としつこく尋ねてきた。カンナミ研究員のその挙動に、私はひどく動揺させられる。カンナミ研究員は確認したに違いないからだ。今日が妻の命日だったか、いや、誕生日だったか、それとも結婚記念日か。カンナミ研究員は、それらの日にはそれが平日であっても仕事終わりに私が墓参りに行くことを知っている。そしてそれ以外に私が好んで予定を組まないことも知っているし、二年前からダニのように陰気になってしまった私を誘う物好きな誰かがカンナミ研究員以外にいないことも知っている。だから、そこで日付を確認したことの意味は確実に、私の考えた通りであるはずだった。

他人から期せずして妻のことを想起させられると、私はいつもひどく不快な思いをした。とても悲しくて、すごく惨めで、だから恥ずかしくて、すぐに死にたくなった。私は体調の悪さを理由にして、読み終わっていなかった書類を片付けると逃げるように会社を後にした。

私には、人からの誘いを断るための機能が致命的に欠けている。人の言葉に手を引かれ、その場の空気に背を押され、ただ脱力して流れていくだけ。流れに逆らって泳ぐことができない。人から嫌われることを恐れているわけではない。自分が誰かの中で必要以上に印象づけられることが怖かった。

家に向かう電車の中で、私は窓に映る自分の顔の向こうに流れる街並みを見つめる。ビルの向こうから女王の姿が、ぬぼうと満月の薄明かりに浮かんだ。

女王の周辺の街には明かりが灯《とも》っていないから、女王は普段、人工の照明で照らされない。巨大な胎児は何を思ってそこにいるのか、未だに眠りから覚めずに、生臭い人間の偽物を吐き出す。女王は新しいヌメリヒトモドキを産み出し続けている。今のところ寿命もないと考えられており、どんなことをしても死なないヌメリヒトモドキの数は増えるばかりだ。

いつかこの星はヌメリヒトモドキに埋め尽くされることになるのだろうか。女王の意志を、私が理解する日は訪れるだろうか。手記を書いている今も私は同じ疑問を抱いている。

ただいまもおかえりもない、言葉の枯れた沈黙の我が家に到着して、私はまず手を洗う。三十秒数え終わるまで、爪の間も指の間も、念入りに手を洗う。そして歯を磨く。一本の歯につき三十回ずつ、二十分かけて。次に風呂《ふろ》へ入る。私は裸になって、スーツをハンガーに掛けて洗濯機の上に寝かせ、ワイシャツと下着を洗濯カゴに入れ、浴室へ入る。丁寧に髪を、体を洗って、浴槽には入らずに上がる。

この家の静寂は妻の死の神聖だ。侵し難いこの静けさの聖域に、外の物を多く侵入させたくはなかった。だから私は入念だ。家に帰ればまず、妻と私とを繫《つな》がない、外の世界の無関係を、私は慎重に体から削《そ》ぎ落とす。

身を清めて妻に触れる権利を得た私は、全裸のままクローゼットを開ける。そこに服はなく、ただ、長い黒髪が垂れている。

妻の髪、それは妻の形見、妻の偶像、妻の影。病床の妻に願った、髪を伸ばして欲しいというわがまま。それは、彼女と出会ってから初めての、唯一の私のわがままだ。自覚はなかったが、そんなことを言ったのはきっと、妻の死を予感していたせいだ。その時はただ、髪を伸ばした妻の姿が見たいだけだと思い込んでいたが、きっと本当は妻が失われることに怯《おび》えていた。だから私は妻に関するなるべく多くの物を残そうとして必死だったのだろう。

妻の髪は、それぞれに根元で固く結んでまとめた無数の細い束からなっていて、それらの束はさらに釣り糸で一つに束ねられ、その釣り糸は天井に打ち付けられた釘《くぎ》に結び付けられていた。薄暗いクローゼットの中でそれは、宙に浮く黒い妻の魂に見えた。

クローゼットは小さな神殿だ。私だけの神殿だ。

私は恭しくそこへ踏み込んで、頬ずりするようにその髪を抱いた。そうすると呼吸が聞こえる。おかえりと言う妻の沈黙が聞こえる。そうして私は懺悔《ざんげ》の時を過ごす。一日の生を懺悔し、同時に死への渇望を懺悔し、その黒い抱擁の中で矛盾した罪を洗い浚《ざら》い吐き出す。妻の香りに包まれて、私は溶けて消えていく。空腹も疲労もぼんやりと形を失って希釈され、眠気にも似た緩やかな安堵《あんど》が私をどこまでも透明に変えていく。

そうしていつもなら次に夕飯の準備をする。しかしその日、私は時間が惜しかった。食事を抜くなんてどれくらい振りだろう。繰り返される日常を変化させる勇気を自分の力だけで得ることができたのは初めてかもしれない。妻への想いがそれを成す。今日もまた、昔と同じように、妻は私の中身を少し変えた。

私は服を着て再びクローゼットを開き、妻の影から数本の髪の毛を摘《つま》んで、先からほんの数センチのところでそれを切った。妻の影が、見た目にはわからないくらいわずかに小さくなる。それはまるで妻の身に刃《やいば》を立てたように感じられて、錯覚の苦痛に私は呻《うめ》いた。堪《こら》えきれずに涙が落ちる。そしてモドキタタキを手に、私は家を出た。

妻の髪を餌にして、我が家の浴室に一匹のヌメリヒトモドキを誘い込んだのは、それから三時間後のことだった。この日のために浴室の扉に取り付けておいたいくつもの鍵《かぎ》を順番に閉めてヌメリヒトモドキをその中に閉じ込めると、私は急いで再び家を出て、道から点々とマンションの私の部屋へと続く粘液を掃除した。

決して期待はしない。決して希望は抱かない。望ましい結果が示されるその時までは、変わらない絶望の中で生き続けなくてはならない。光源が生まれれば影が生じるように、磁石のN極がそのままS極の存在を示しているように、人の誕生が未来の死と同義なように、希望はいつかの絶望を表す。その覚悟が私にはない。次の絶望で、恐らく私は灰になる。耐えられるはずもない。もしかしたらもう一度妻と会えるかもしれないという希望が無下に打ち砕かれたとして、そんな絶望で私の心はたやすく滅びる。だから私は、変わらずに、恒久の孤独に打ち震えながら、昨日を黒く塗り潰《つぶ》さなくてはならない。この悪夢が醒《さ》めるいつかの未来を想うことをしてはならない。

私は、妻を蘇《よみがえ》らせるつもりだった。

人型であるというだけの進化度の低いそのヌメリヒトモドキを使って、私は妻の心をもう一度、この世界に呼び戻すつもりだった。もちろんそれは妻ではない。ヌメリヒトモドキでしかない。それでも、妻の顔をして、妻の声で話し、妻の愛したものを愛して嫌ったものを嫌うヌメリヒトモドキがほしい。生を共有できる喜びを、もう一度味わいたい。彩本個体について知った時から抱いていたその空想は、イイジマ個体の実験で俄然《がぜん》、リアリティを増した。もちろん、それはささやかに実行されなくてはならない。一抹の希望も禁じた上で。

私は妻の髪をもう一摘み、ほんのわずかに切り取って、それを浴室にいるヌメリヒトモドキに与えた。少し目を離しただけで、浴室はもうヌメリヒトモドキの粘液でどろどろに汚れており、吐き気を催す生々しい臭気が立ち込めていた。ヌメリヒトモドキを手なずけるのはそんなに難しくはない。あいつらは警戒心を持っていないからだ。融合欲求を妨げず、人間の欠片《かけら》や動物の死骸《しがい》を与えてやれば、それだけで好かれる。

私は机に向かうと、日記を書いた。十四歳の頃から眠る前に私は日記をつけていた。規則的な日常に埋没して安心していた私の日記は、自分で読み返しても驚くほど変化に乏しかった。それでも、どんな日であれ、一定量の記述は認められる。飽きもせずに毎日毎日、似たような日々の中から些細《ささい》な思考や事象を抽出して、自らの生を刻み込むように紙へ還元していく。

そうして何もない日でもそれなりに多くのことを書く習慣の身についた私の日記は、妻と出会い恋する日々を迎えたことで、一日の記述量が異常なまでに膨れ上がった。一日を表すのにノート二冊を消費している日すらある。妻の指が手に触れた感触や彼女の髪の香りを、未来のどこで読み返しても鮮明に思い起こせるように、全ての感覚を文字に変換しようという試みが、情熱が、二冊のノートに詰まっていた。別の日には彼女の笑うツボについての考察が滔々《とうとう》と書き連ねられていた。そして別の日にそれは彼女が付き合ってきた過去の男たちに対する嫉妬《しっと》になっていた。

いくつもの段ボール箱に詰められた私の過去は、そのほとんどが妻に関する記憶で埋められていた。この日記群のおかげで私はこうしてこの手記を書くことができている。当時の妻に対する気持ちも、一日にあった出来事に対する考察も、日記のおかげで詳細に思い出すことができる。

朝、たった一人の朝。この手記と同じそんな一文で書き出されているその日の日記は、夜、一人と一匹の新鮮な夜、という一言で結ばれていた。

次の日の朝、それは繰り返されてきた朝ではなかった。何をしているのか、どん、どん、とくぐもった重い音が浴室の方から響いてくる。恐らくは家中に薄くヌメリヒトモドキの臭いが充満しているはずだが、一晩その空気を呼吸して私の鼻は完全にそれを感知することをやめていた。

朝食を食べて、身支度を整えるために洗面台に立つと、浴室のすりガラスに、べたり、顔面を押し付けて、ヌメリヒトモドキがじっとこちらをうかがっているのが鏡の中に見えた。ぽっかりと穴の空いたような目と口が、すりガラス越しに境界のうやむやなぼんやりとした丸い黒になって私に向けられている。妻の髪を一摘み、ヌメリヒトモドキに与える。そして私はカレンダーの昨日を黒く塗り潰した。

無言のまま家を出て会社に向かい、途中のコンビニで昨日とも一昨日《おととい》とも違う弁当、三種類の内の一つを購入する。ヌメリヒトモドキが家にいるということ以外は何ら変わらない朝の光景。しかし、じわり、胸中に滲《にじ》むどうしようもない小さな高鳴り。

彩本個体を知って計画を思いついてからは、妻のことを思い起こす度に私は努めて絶望に沈もうとしてきた。期待するな、期待するな、いたずらに絶望が大きくなるだけだ、そう言い聞かせてきた。それなのに、堪えようもなかった。万が一、億が一、ヌメリヒトモドキが極々ささやかな可能性によって妻の心を得たら。そう想う気持ちは殺し切れなかった。

戦いの日々だ。来るべき絶望に負けないために、既に戦いは始まっている。私の思惑の全ては灰塵《かいじん》に帰すのだという強い仮定に立って、衝撃を堪えるためにぐっと身を縮めている。神は祈りを聞いてはくれないのだから、そうしないともう二度と妻には会えないかも知れないじゃないか。彼女の髪にも限りがある。遺体は焼却され、埋葬され、だから彼女の遺伝子情報は今クローゼットの中にあるあれが全てだ。失敗は許されないが、心だけは失敗を想定していなければ。

恐らく私は、異常なことをしているのだろう。ヌメリヒトモドキを同じ家に住まわせ、死者の魂をそこに宿して蘇らせようなどという試みは恐らく、決定的に罪深いことに違いない。しかし、私の精神は麻痺《まひ》している。ヌメリヒトモドキに携わる人間のほとんどがそうだ。国も、会社も、他の研究員も、みんな麻痺している。それに、虐待するためにそれを飼い馴《な》らすような、獣にも劣る人間に比べたら幾分か私はましだろう。これは自分に言い聞かせているわけではない。事実、私は一片も罪の意識を感じてはいなかった。

6

「主任、おはようございます。私を副主任にする件、考えてくれましたか」

昨日と同じく研究ブースでメンバーの到着を待っていると、やはり一番初めにカンナミ研究員が到着した。いたずらっぽく微笑んで、私の正面に座る。カンナミ研究員はそう言うが、私には誰を副主任にするかを決める権限などなかった。それを伝えて謝ると、カンナミ研究員はきゃんきゃんと笑って、私の腕を優しく叩《たた》いた。ざわっと音を立てて、ヌメリヒトモドキのイメージが駆け抜ける。

「もう、冗談に決まってるじゃないですか。まじめなんだから」

その日の実験内容は、昨日と同様のものだった。イイジマ個体を昨日とは別の刺激に晒《さら》す予定だ。昨日の時点で既に、自分の体が不死身であるということを確信しているはずなのに——どれだけ残酷に傷つけられても、一片の苦痛すら感じないということを体感しているはずなのに、イイジマ個体はやはり、喚《わめ》き散らして実験の中止を訴えた。その様子を見て、私はイイジマ個体の移動を一旦《いったん》中止させた。

コンテナへイイジマ個体を追いやろうと迫り出《せ》すケージの壁が止まる。イイジマ個体の言動を記録するようカンナミ研究員に言ってから、私はイイジマ個体に疑問を伝えた。不死身の体を持っているという確信を持ちながら、なぜ恐怖するのかという疑問を。

「主任もヌメリヒトモドキの体を持てばわかりますよ。いくら不死身の体を持って、痛みとも苦しみとも無縁だからって、僕には人間としての記憶がある。死をもたらす刺激への恐怖は、経験や学習で払拭《ふっしょく》できるものではありません。昨日の実験で僕はそう確信しました。たとえ身の安全が保障されていても、銃で撃たれ、杭《くい》で貫かれ、炎で焼かれ、鉄の壁で潰されることへの恐怖は、人間としての精神を持っている以上不変です。反射的に、だめだ死ぬ、痛い苦しい、と思ってしまうのです」

イイジマ個体はまくし立てて、だからもうやめてくれと懇願した。彩本個体で行った実験で結果は得られているのだから、追実験なんて無駄だと主張した。もちろん、独断で実験を中止する権限も私は持っていない。イイジマ個体から十分に内省報告を得た私は、実験室への移動を再開させた。

視界から消える直前に、イイジマ個体は呪ってやると口走った。それにはチームのメンバーはおろか私もまた少なからずショックを受けた。イイジマ個体がそうしたということは、イイジマ研究員もまた、同じ状況に陥れば我々を呪い得るのだということに——イイジマ研究員の中にも、呪ってやるなどと口にすることのできる心があるという事実に、誰もがひどく傷つけられた。

イイジマ研究員は無口で愛想のない男だったが、それはヌメリヒトモドキ研究に長く携わる者の大方に共通した特徴で、彼の場合はそれに加えて特に志が高く、研究熱心だった。ヌ人と好んで関わることをしなかったために職場で仲の良い友人もいなかったようだが、ヌメリヒトモドキへ傾けるその情熱には誰しもが一目置いていた。今回、ヌメリヒトモドキの進化対象として名乗りを上げた時も、イイジマ研究員の精神ならヌメリヒトモドキの体を得たとしても客観的に自らを分析、観察することができるだろうと誰しもが考えたから、彼の意見は採用された。しかし現実、彼の精神はそれを成すことができず、彼は姿を暗ました。出来の悪い自らの醜悪な分身と対面することが、人の精神にどのような影響を及ぼすことになるのか、興味は尽きない。

「主任、今日の夜はいかがですか？　しつこく誘ってしまって申し訳ないんですけど、先日、主任の誕生日だったじゃないですか。渡したい物があるんです」

昨日と同じ状況でカンナミ研究員に誘われて、彼女のその言葉に私はぎょっとした。自分の誕生日のことなど完全に忘れていた。私には誕生日を祝う習慣がなかった。というか、妻に出会うまでは誰もが私と同じように、自分自身の誕生日なんて忘れていて当然のものだと思っていた。自分の誕生日なんて、年齢をカウントするための境界線としての役割程度にしか認識していなかった。

その点でもやはり妻は私とは違っていて、毎年毎年彼女は私の誕生日はもちろん、自分自身の誕生日でさえ、大げさに過ぎるほど盛大に祝福していた。アニバーサリー、ありがとう、ありがとう、と彼女は誕生日に歌う。昨日とプラス今朝までを、あなたと生きてこられたことを。またも死なずに昨日を生きて、今日をも生き始めたことを。生誕、ありがとう、あなたと出会えた必然に、ありがとう。そう歌うのだった。私と彼女に一度ずつ訪れる、年に二回のその日には。

まるで身構えていないところへいきなり妻の記憶を――しかも強烈に甘く香りの強い類《たぐい》のそれを想起させられて、ゆるゆると腹の底から膨れた嘔吐《おうと》感が私の喉《のど》を圧迫し始める。本心では、一刻も早く家に帰ってヌメリヒトモドキへの教育を開始したいところだった。しかし、そういう場合にどう言ってその誘いを断れば、必要以上に私の内側へ注意を寄せずに済むのかわからなかった。

相手が自分の想定通り、希望通りに動いてくれる場合よりも、その逆である場合にこそ人は、相手の心の内について真剣に推察を始める。それが大きな勇気をもって行われたことだったり、もしくは私とカンナミ研究員のケースであれば、通常イエスであるところがノーであったりすると、特別その傾向が強くなる。

なぜ断られたのか？　不快なことをしてしまっただろうか？　変に誤解を与えなかっただろうか？　どんな気持ちでその断りの言葉を選択したのだろうか？　今後もう誘わない方がいいのだろうか？　等々――。

逆に、なぜ自分の誘いを受けてくれたのだろうか、なんて考えることはほとんどない。

だから私がここで彼女の誘いを断ることによって彼女は、私の気持ちを普段よりも幾分か力を入れて理解しようと努めるはずだ。カンナミ研究員だけではなく誰に対しても、昔から私はそれが怖かった。自分の内側を覗《のぞ》き込まれるのが怖かった。なるべく、皆が私の内側に興味を抱かないように、静かに、流れて、生きてきた。

私は、自分自身のことがよくわからない。私は哲学を持っていないからだ。自分自身を見つめるという経験をほとんどしてこなかったからだ。様々な事象に対して色々に反応する自分自身の精神の働きによって、ああ、私はこのことについてこんな風に感じる人間だったのか、と気付くことも多い。そんな自分でもわからないような自分自身を、誰かに晒し、それであたかも私を理解したように振舞われることで、私はひどく不安になった。自分の家のことを他人があたかも隅々まで知り尽くしているかのように振舞えば、たとえその知識が間違ったものだとしても不安になる、そんなようなものだ。

私は明確な自己像を持たないが、そのせいで余計に、私の本質について知ったつもりでいる他人によって自分自身の姿を示され、それに影響されて本当に自分自身がその人の考えている通りに成型されるのではないかと感じられて恐ろしかった。だから、その日も私は臆病《おくびょう》で、どうすることもできずに、カンナミ研究員の誘いを受けた。

そして昼休み、いつも通り屋上庭園で山崎さんと落ち合うと、彼もまた私の誕生日を一言祝った。それから薄青い色をした小さな物をポケットから取り出し、私に差し出した。

「ほら見てください、これ。科学館のおみやげ、今シーズンの新作。『暗闇で光る！　ヌメリヒトモドキストラップ』」

楽しげに笑いながらそれを私に押し付け、さらにポケットから二つ、何か取り出す。

「こっちは、『モドキタタキキーホルダー』の新色。ミントグリーンとパッションオレンジ。どれもまだ発売していないんだけど、こないだ企画部の人が来たから頼んだらくれたんですよ。ほら、あげます」

カンナミ研究員の言葉で今日が自分の誕生日だと思い出した直後から、山崎さんが何かこの手の物をくれるだろうということはわかっていた。山崎さんは私の誕生日を覚えてくれていて、毎年、科学館の売店で売っている新しいおみやげ商品や洗剤セットをくれる。どうしてこうも皆が、愛する人以外の誰かの誕生日をさも意味深いことのように考えるのか、私にはわからなかった。私は山崎さんの誕生日を知らないし、カンナミ研究員のもすぐ忘れてしまう。

愛する人と過ごした時間を数えるのは喜ばしい。しかし、独りで歳を取ることをも皆喜ばしいと思うのだろうか。ただ一つ、齢《よわい》を重ねることそれ自体が祝福するほどのことだろうか。生きることはそんなにも価値のあることだろうか。自分の生を、そして自分の死を、一番に意味深く考えてくれる誰かがいなくなったとしても、生きることは価値のあることだろうか。独りきりの今の私にとって生きることとは、意味のない時間の積み重ねだ。

昼休みが終わりに差し掛かり、山崎さんと別れて会社へ戻る途中、駅の構内にあるゴミ箱に彼からもらったそれらを捨てた。

「お誕生日おめでとうございます。イイジマさんのこともあるし、乾杯ってのはアレかも知れませんけど。でも、いいや。乾杯しましょう。ね？」

夜、会社の最寄り駅から少し歩いたところにあるレストラン。妻とは一度も来たことのないそこで、私とカンナミ研究員は乾杯した。プレゼントがあるんです、とカンナミ研究員は一冊の本を私に手渡した。その表紙を見て、みしみし、致命的に心が痛む。

「イヴァン・アイヴァゾフスキーの画集です。主任、この人の絵、好きなんですよね」

そう、好きだ。一番好きな画家だ。妻が一番、好きな画家だからだ。かの画家が描く海に、妻は憧《あこが》れていた。私は努めて平静を装いながら、さも嬉《うれ》しい様を演じて礼を言った。絶対に、うまく演じられていなかったろう。それでも、カンナミ研究員には私の嘘に気付いた様子はなかった。

カンナミ研究員と別れたのは二十一時を過ぎた頃だった。家へと向かう途中、私はカンナミ研究員から受け取ったイヴァン・アイヴァゾフスキーの画集を、適当に目をつけた一軒の家の郵便受けに差し込んだ。外界の物を、あまり妻の聖域に持ち込みたくはなかった。彼の画集なら、別のものがもう家にある。だから妻にはもう必要ない。妻が死んでからの二年間、我が家の内装は少しも変わらない。外の物を内へ入れたくはない。内の物を外へ出したくもない。変わらずそのままであってほしい。

我が家の扉を開けると、ヌメリヒトモドキの臭いが流れ出てきて、どろりと湿気た重い空気が私を包んだ。凶悪な湿度はぴたぴたと無遠慮に、馴《な》れ馴れしく私の肌を蹂躙《じゅうりん》して、麻痺《まひ》した精神でもはっきりと自覚できるほど私は確かに、気持ちが悪かった。私はスーツを脱いで軽装に着替えると、近所の銭湯へ出かけた。我が家の風呂《ふろ》にはヌメリヒトモドキがいるから使えない。

銭湯から出て外気に触れた体で聖域を侵すのは実にためらわれたが、どうにも仕方がない。私は身を清めると、外界の諸々《もろもろ》が私を穢《けが》す前に、なるべく素早く家に帰った。そして裸になり、クローゼットの神殿に踏み込んで、いつもよりもいささか遠慮がちに妻の影を抱きしめた。沈黙で私を迎える妻の欠片《かけら》、そのおかえりの静けさで私は無限に透き通って、私と妻の、この家の一部になる。

私は処方されていた精神安定剤を飲んで、しばらく横になった後、カッパにゴム手袋、ゴム長靴、マスク、ゴーグルという格好に着替えた。そして、事前に膨大な日記群の中から、妻の過去についての話を抜粋して記録した新しいノートを持ち、クローゼットから妻の髪を少し摘《つ》み取ると、ヌメリヒトモドキを閉じ込めている浴室の扉を慎重に開けた。流れ出てきた湿度と激臭がぐいぐいと体を押し返してくる。小さな浴室で、ヌメリヒトモドキはぬぼうと壁の一点を見つめていた。私が開けた扉から入り込んだ外気の流れで、ぼとぼと天井から粘液の塊が落ちてくる。弾みで捻《ひね》ってしまったのだろうか、蛇口から熱い湯が流れ出していて一杯になった浴槽から溢《あふ》れており、それが凶悪な湿気に拍車を掛けていた。人として見れば目と思《おぼ》しき窪《くぼ》みの前で妻の髪をちらつかせてやると、そいつは出来の悪い粘土細工のような顔を伸ばして、妻の髪を食《は》んだ。口らしき部分が軟体生物さながらに蠢《うごめ》いて、髪を体内へと送り込む。

私は息を細めて心を殺した。血流を止めるとぴりぴり、その部分が痺《しび》れて感覚がなくなるのと同じだ。極力、極力ヌメリヒトモドキの体臭を吸い込まないようにしながら浴室へ踏み込んで、だらしなく垂れ流されている湯を止めると、浴槽の栓を抜いた。おおよそ全ての感覚をゼロにして、ただ妻のためだけを想い、込み上げる吐き気を飲み込んで、私は、ヌメリヒトモドキの巣と化した浴室の扉を閉めた。そして浴槽の縁に腰掛けて、丁寧に妻のことを語り始める。

妻のことについてそうして口に出すということは、それだけで凄《すさ》まじく私の精神を荒したし、それを語る相手が愚かしさ極まるヌメリヒトモドキだということも、私をどうしようもなく不安定にさせた。しかしそれでも、妻の心を蘇生《そせい》させるために、私はそれをしなければならない、どうしても。

何から話せばいいのだろう。何かを語ること自体不得手だった。不器用ではあるが、そう、一番初めから聞かせていこう。妻の生まれから、少しずつ、くり返し。私はノートを開いて、妻がいつどこで産まれ、どのように育ったかを語り聞かせた。ヌメリヒトモドキは私の方を向いてすらいない。しかし私は語ることをやめなかった。妻から聞いた彼女の人生、その初めの方。幼少の記憶とは、誰もが大抵ふわふわと温かく、愉快なものだろう。しかし彼女の原初の記憶は、いささか人よりもスリリングなものが多かった。

小さな妻が両親を悩ませたのは、その冒険心の旺盛《おうせい》さのためだった。まだ熱くまるっきり幼い彼女の好奇心は多くを破壊して、多くの傷を作った。皿を割り、虫を分解し、爬虫《はちゅう》類を捕まえ、服を破き、パソコンを水没させ、鍋《なべ》をひっくり返し、カーテンに火をつけた。その頃、度々血を流し、怪我をして大泣きしていた妻を、これはあまりにもわんぱくが過ぎると心配した祖母が霊媒師のところへ連れていったところ、「その子は生まれながら海蛇に取り憑《つ》かれている」と言われたらしく、酒が入ると妻はいつもそのことを大笑いしながら私に話した。そんなわけで生まれながらに海蛇に取り憑かれ、尋常ならざるわんぱくで子ども時代を過ごした彼女の体には、ところどころに傷跡があったのだが、幼少期から彼女と共にあるそうした彼女の聖痕《せいこん》達が、私にはたまらず愛《いと》おしかった。

妻の右手人差し指の腹には、真っ直ぐ縦に三センチほどの傷跡があった。妻は眠くなると、その傷跡で濡《ぬ》らした下唇をなぞる癖があった。また、胸には花の形をした小さな痣《あざ》があり、彼女はそれを「サクラスタンプ」と呼んでいた。内腿《もも》にはうっすらと丸い火傷《やけど》の痕《あと》が残っていて、そこへキスされるのが、彼女は好きだった。それらは、私と出会う前にも彼女は確かに存在して、私が生きるのと同時に彼女もまた、全く別の生を歩んでいたという証明だった。その傷跡を愛おしく想って、神に感謝した時期もかつてはあった。まるっきり無関係に、てんでばらばらに、私も、妻も、お互いの存在など知りもせずに生きる中で、六十億ものうちのたった二つっきりの人生が――他のどれでもなく、私と、妻の、その二つこそが、決定的に交わったという確率の神秘に、心の底から感謝していた。

私は妻が九歳で日本に戻ってくるまでのことをヌメリヒトモドキに細かく聞かせて話を終えた。悲しみで満たされていた。あまりにも悲しく、そして寂しかった。自身を鞭《むち》打つこの行為が――私の精神をことごとく打ち砕くヌメリヒトモドキの巣へと、自ら踏み込み、妻の記憶を掘り起こし、しかもそれを語るというこの残酷な行為が、無駄にならないことを祈るばかりだ。

浴室を出て、鍵《かぎ》を閉め、洗面所で着ていたものを脱いでゴミ袋に突っ込み、そして少し考えて、カッパの下に着ていた服も同様に袋の中へ捨てた。夜も遅く、神経もすり減らし、ひどく疲れていた。しかし、そのまま布団に潜り込むのはためらわれた。私はもう一度軽装に着替えて、銭湯へと出かけた。その日布団に入ったのは、もう夜中の三時前だった。

7

それから数週間経って、私とヌメリヒトモドキとの生活にも無駄がなくなってくる。朝は、カレンダーの昨日を黒く塗り潰《つぶ》した後、ヌメリヒトモドキに妻の髪を与える。そして会社からの帰り道に銭湯へ寄り、帰宅して、流れる妻の髪を遠慮がちに抱いて、夕飯を食べ、ヌメリヒトモドキに話を聞かせ、再び銭湯へ行って、寝る。さすがにヌメリヒトモドキが来る以前よりも就寝時間は遅くなったが、規則正しい生活は取り戻すことができた。浴室へ入るために使うカッパその他の消耗品は、怪しまれないように別々の量販店で大量に買い置きしてあった。時系列に沿って事細かく話す妻の話も、ようやく大学入学にまで到達しており、嬉しいことではまるでないのだが、ヌメリヒトモドキもすっかり私に懐いているようだった。しかしヌメリヒトモドキに融合欲求の兆候は全く見られず、少しずつ、その頃の私には苛立《いらだ》ちが募っていった。

私の苛立ちの原因は融合欲求が見られないことだけではない。いや、「だけではない」とは書いたが、本来ならそんなことには欠片も苛立つことなどなかっただろう。ヌメリヒトモドキが融合欲求を示す時期には規則性がなく、我々研究者にもその時期がいつになるのかは、前回の融合より一週間から一年の広い範囲のどこかという程度にしか予測できない。

イイジマ個体は元々融合欲求を示す間隔がかなり短い個体だったため、進化度の低い状態から人間の意思を持つまでに一年と掛からなかったが、全てのヌメリヒトモドキが同じような速度で人間の心を得るとは限らない。最悪、初めの融合に至るだけでも一年ほど掛かるかも知れないと、私はしっかり覚悟していた。

それでもそうしてむしゃくしゃと心が荒れるのは、笑われるかもしれないが単純な話、私の体にヌメリヒトモドキの臭いがつき始めた、というのが真の理由だ。

仕方のないことではある、同じ家にヌメリヒトモドキと住んでいるのだから。浴室に閉じ込めているとはいっても、ケージじゃあるまいし、そんなことであいつらの臭気を断てるとはそもそも期待していなかった。しかし、それでも耐えがたい。二ヵ月ごとのケージ清掃で私の精神を執拗《しつよう》に荒らし立てるあの臭いが――安定剤を用いても鬱々《うつうつ》とした気持ちと否応《いやおう》無しの嘔吐《おうと》感を強いるあの臭いが、体に染み込んでいるのかと、そのことを深く考えるとそれだけですっと意識が遠のいた。

私にヌメリヒトモドキの臭気がまとわりついていることに気付いたのはカンナミ研究員だった。ヌメリヒトモドキとの同居を始めて一週間経った頃、カンナミ研究員がすんすんと私の首筋を嗅《か》いで、ヌメリ臭がしますよ主任、と言った。私は激しく狼狽《ろうばい》したが、カンナミ研究員はそれをヌメリヒトモドキケージの欠陥が原因だと考えたようで、すぐさまケージ設計とメンテナンスを行っている担当部署へクレームをつけた。自分の嘘が誰かの余計な仕事を増やすことになるのは気が咎《とが》めたが、まさか真実を言ってカンナミ研究員を止めるわけにもいかない。その日の帰り道、私は初めて香水を買った。

仕事上の私の予定は、ずいぶん先までイイジマ個体に関する諸実験で占められていた。ヌメリヒトモドキとしての機能について検討する追実験を終えて、私のチームは次にイイジマ個体の人間としての機能を見るための実験に移っていた。イイジマ個体に人間としての心理機能、認知機能が備わっているかどうかということについての検証だ。彩本個体についてもどこかの研究チームで同じ実験が行われているはずだが、今のところその結果も途中経過も社内では公表されていなかった。

くり返しになるが、ヌメリヒトモドキについての多くは政府から機密事項として指定を受けている。同じ研究所内でも、共有を禁止されている情報は無数にあった。それを破れば重い法的な罰則を受けるため、研究員が別のチームのメンバーと会話を交わすことはあまりなかった。自然、ここはずいぶん人間関係の希薄な職場だ。

イイジマ個体の認知・心理実験への参加意欲は低くなかった。前回のように激しい抵抗を見せるわけでもなく、おとなしく我々の指示に従っていた。もっとも実験といっても、錯視図形や様々な映画を見せられたり、各種の知能テスト、性格検査に答えたりするだけだったので、それこそ前回にも増して抵抗する理由などなかった。事前にイイジマ研究員にもテストを実施しており、この実験にはイイジマ個体の人間としての機能を見るのと同時に、心理・認知的観点からイイジマ研究員とイイジマ個体との一致度を測る目的もあった。

実験の結果、イイジマ個体は人間と何ら変わらない心理機能、認知機能を有していることが明らかになり、加えてカンナミ研究員が言っていたようにイイジマ研究員とイイジマ個体との間には性格の特性にいくつかの相違が見られた。やはりカンナミ研究員は、それは人間とヌメリヒトモドキの機能的な差によるものだという見解を持っていたが、私も変わらず、その差異はイイジマ研究員の精神がヌメリヒトモドキとしての体を得てしまったと認識したことに基づく変化だと考えていた。

それはそうであってほしいという私の願いでもある。ヌメリヒトモドキの中に宿したその人の心が、そのモデルと微細にも異なっていてはならないからだ。妻は、新しく蘇《よみがえ》る私の妻は、生前の彼女とすっかり同じでなくてはならないからだ。客観的な立場を失い、分析眼を感情に左右されるようでは研究者として失格なのだろう。それに祈りや願いなども う、私は信じていない。しかしそれでもなお、確率の数字に働きかけることができたらという心は殺せない。

カンナミ研究員は相変わらず度々私を食事に誘い、私はそれを拒否した場合に私を侵すであろう、私の心に関する彼女の深い考察への恐怖感に勝てず、誘いに応じていた。彼女は実に、聡明《そうめい》な女性だった。そして私をよく尊敬してくれていた。ヌメリヒトモドキ根絶の糸口を見つけ、歴史に名を残すという強い野心を抱いていたイイジマ研究員とは対照的に、カンナミ研究員はヌメリヒトモドキへの純粋な知的好奇心がその研究原理であるタイプの研究者で、そのうえヌメリヒトモドキ研究者として最も求められる資質、つまり、あらゆる不快に対して不感な心をもしっかりと備えていた。まあ、なんだか彼女自身は自分の研究原理が正義感にこそあると思い込みたがっているようではあったけれど。

彼女は私より二歳だけ年下だが、私よりも四年遅れて研究所に入ってきて、彼女が一番初めに所属したチームに私も所属していたことで私達は知り合った。その頃はまだ妻も生きていて、私の魂も生きていた。仕事は苦痛であることが多かったが、家に帰ればそこに妻がいるというそれだけで、私の魂はみずみずしく鼓動していた。川のほとりの日陰に転がる小石ほどに暗く冷たい今の私からは想像もできないほどに、当時の私の精神は妻によって明るく、温かく保たれ、自らを取り巻く世界に対しても多少は能動的に働きかけることができていた。

出会った当初からカンナミ研究員は私のことを慕ってくれていた。私のヌメリヒトモドキに関する洞察をよく褒めてくれたし、職場の先輩であるということ以上に敬ってくれた。カンナミ研究員のそうした敬意によって、苦痛であった仕事にもほんの少し、私は「やりがい」と呼ばれる真っ当な労働意欲を抱くことができていた。仕事でもプライベートでもなどという枕詞《ことば》で始まる肯定的な一文に表されるほど、他の誰かと比べて私のその頃が充実していたわけではないとは思うが、しかし、少なくとも妻が死んでからの私と比べてみれば、どれほどに幸福な時間だったろうと思う。

冷徹極まりないそんな比較によって私は、後悔すべきこともわからないのに、どう捉《とら》えても後悔に似た感情にひどく苛《さいな》まれた。妻の死によってカンナミ研究員の私に対する敬意にも意味を見出《みいだ》せなくなってしまい、私は彼女を苦手だとすら感じるようになっていた。そう、カンナミ研究員は聡明だ、間違いなく。だが妻を失い、ただ死んでいないから生きているというだけの私に敬意を向けてくるカンナミ研究員の視線が怖かった。聡明な彼女に敬意を向けられて然《しか》るべき人間では、決してないのだから、私は。

ある金曜日の夜、私はいつもの格好で浴槽に腰掛け、ヌメリヒトモドキに妻の話をしていた。相変わらずそいつは私の方を見もせずに、何やら排水溝に指を突っ込んでいる。否応なくうな垂れる空しい気持ちを奮い立たせて、ノート片手に語り続ける。その日は大学に入った妻と、私との邂逅《かいこう》についての部分だった。

妻が大学に入学した年、同じく私も別の大学に入学した。バイトもサークル活動もせず、家と大学との往復で生活が構成されていた私が妻と出会えたことは、本当に奇跡のように思える。

夏の影が肌寒さに霞《かす》む秋口の頃、私は友人との約束で浅草《あさくさ》にいた。人と待ち合わせるといつもそうなるのだが、少し早く着き過ぎた私は、しかし時間を潰《つぶ》す有効な手立てを持たないので、曇りがちな空をぼうと見て突っ立っていた。その日は浅草寺《せんそうじ》すぐ横の美術館へ行くことになっていたのだが、約束の時間二十分前に、生理が重くて倒れたという文面のメールが届いた。もちろんそれは行けなくなってしまったという意味を含む。予定の急な変更に対して私はいつもうまく対処できない。私はその日の朝にあらかじめ一日のプログラムを入力する。自分が想定した通りに一日が経過していく場合にのみ、私は二十四時間の生を滞りなく遂行できる。正午少し前にして、その日の生は滞ったのだった。

目の前にあった道筋が突然潰《つい》えて視界が拓《ひら》け、私は途方に暮れた。せっかくここまで出てきたのにという気持ちはあったが、馴染《なじ》みのない場所を一人でうろうろするのは好まなかった。日常生活より外れたところでは、誰かが一緒にいてくれないと、自分がちゃんと正しく振舞えているかどうかがわからずに不安になるからだ。私は友人にその体調を憂慮する内容のメールを返信し、諦《あきら》めて家へと足を向けた。その時、私は彼女と出会った。

「すいません、写真撮ってもらっていいですか？」

定型句にもなっているだろうそんなありふれた一言で、私達は始まった。慣れない街、思いがけず一人のところへ突然声を掛けられて一瞬狼狽したが、私の体はそんな精神の働きに関係なく、自動的に場の空気を察知して動作する。それはもうほとんど反射だった。私は彼女からカメラを受け取り、にこやかな彼女と浅草寺を写真に収めた。彼女は一人だった。一人きりなのに浅草に来て、一人きりなのに人に声を掛け、一人きりなのにその姿をカメラで撮ってもらうという彼女の行動が、どこまでも保守的且つ内向的な私にはとてつもなく稀有《けう》で珍妙に感じられて、そのせいだろうか、その時彼女の顔が強烈に、私の心に焼き刻まれた。

彼女は礼を言ってからなんだか言い訳するようにして、浅草に来たの初めてなんです、と言って少し恥ずかしそうに笑った。

「この辺りに住んでいるんですか？　誰かと待ち合わせしているんですか？」

彼女がどことなく印象的なアクセントで話すことが原因かもしれないし、言葉の一つ一つが軽やかでからりと心地よく乾燥していることが原因かもしれないが、普段だったら不快になるであろう彼女の馴《な》れ馴れしさも、なぜかその時はまるで気にならなかった。彼女の質問に対して私が自らの陥った空白のあらましについて説明すると、彼女は――忘れもしない、日記を見ずとも、一字一句違《たが》えずにあの時の言葉を思い出せる。なぜだろう、特別な一言ではなかったはずなのに。

私達が出会った一番初めから、私には容易《たやす》く想像も許さないような新奇な視点で彼女は世界を見ていた。だから彼女の言葉も、挙動も、その全てがいつも強く、私の記憶にはっきりと焼きつく。

「せっかく来たのに、何もせずに帰るのは惜しいと思いますよ。良かったら、私にご一緒させていただけません？　私も、もう、一人で歩くのに飽きてきたところだから」

断る理由がなかった。だから私は彼女と連れ立って美術館に入った。外国人と話した経験などなかったからあくまでも私の勝手なイメージでしかないのだけれど、その時の私は彼女について、なんだか人との距離の取り方が日本人離れしているなぁ、と感じた。私が必要以上に人に対して距離を取ろうとする類《たぐい》の人間だからそんな風に感じたのかも知れないけれど。彼女の幼少時代を考えればあながち私の抱いた印象も間違ってはいなかったのだと後になって知って、そう、そういえば私はそれをとても嬉《うれ》しく感じた。

私は終始とても興味深く展示を見ていたのだが、彼女には私の表情がつまらなそうに見えたのか、美術館を出てからなんだか困ったような顔で、もしかして期待外れでしたか、と聞いてきた。私は否定し、そして付き合わせてしまったことを詫《わ》びた。

「私が無理について行ったんだもの、謝らないで。それに、すごくおもしろかったし」

その美術館へ行きたがっていたのは私ではなく友人の方だったのだが、それにしては案外楽しめたと、その時の私は少し得した気分だった。そのことを伝えると彼女は急に笑い崩れて、私は面食らった。

「君の趣味なのかと思った。友達の趣味だったら、無理に予定通りそこへ行くことなかったじゃないですか。楽しかったからいいけど。おもしろい人ね」

私には彼女の方がよっぽどおもしろく見えた。彼女を包む空気は、私の周りにいる誰のそれとも違う異質なものだった。

語るに耐え切れなくなって、私は浴室を出た。着ていたものを捨てて銭湯へ向かう。道すがら、私の脳内は空っぽだった。辛《つら》いこと、悲しいことがあると、私は即座に頭脳を再起動できる。訓練の賜物だ。無感動に生きる術《すべ》だ。妻と一緒にいない私には、それが必要だった。銭湯で流水に体を晒《さら》し、しつこくしつこく体を洗って、茫漠《ぼうばく》とした懊悩《おうのう》の全てを消し去ろうと躍起になる。それも、オートマチックな身体反応でしかない。依然、私の頭《ず》蓋《がい》は虚無に満たされている。

8

その翌日の土曜日、夢を見た。静かに眠りから目覚めるという、おかしな夢を。なぜ目が覚めたのだろうと夢の中で不思議に思っていると、遠くで妻が私を呼んでいるのが見えた。声は聞こえない。ただ、私を呼んでいることだけはわかった。体がとてつもなく重く、私はなんとかのそのそと立ち上がって、妻の方へ歩いて行った。変わらず何の音もしないが、妻の姿は徐々に近付き、そこで今度こそ本当に眠りから覚めた。

現実に私の目を覚まさせたのは、凄《すさ》まじく濃密な生々しい汚臭だった。直後、何かと目が合う。リビングと寝室との境にヌメリヒトモドキが立っていた。時刻は午前六時四十二分。じわじわと東から染み出す朝が夜の黒に混じった灰色の薄闇を背に、ヌメリヒトモドキは首を傾げて私を見ていた。全身の肌が粟《あわ》立って、強く身の危険を感じた。浴室の鍵《かぎ》は間違いなく全て掛けていた。ではなぜそこに立っているのか。いや、重要なのは、どうやって浴室から出たのかということではなく、なぜ浴室から出たのかということだ。

私がそっと体を起こすと、ヌメリヒトモドキは全く静かに、しかし恐ろしく素早い動作でベランダへと続くガラス戸に突進し、それを破って外に出た。私が慌ててその後を追ってリビングに駆け込むと、ベランダの柵《さく》から身を乗り出したヌメリヒトモドキは、ぬるりとその向こうの中空、地上九階の空へと姿を消した。私は寝間着のまま家を飛び出し、マンションの裏に急いだ。我が家のベランダを見上げることのできる位置に、ヌメリヒトモドキの粘液が放射状に大きく広がっている。私はその放射状の落下痕《あと》から伸びる粘液の跡を辿《たど》って走り出した。

程なくして、ずるずると地面を這《は》いずっている私のヌメリヒトモドキに追いついた。明らかに明確な目的を持って移動している。ヌメリヒトモドキをこんなにも強く突き動かすもの——それこそ、浴室の扉などぶち破るほどに誘惑するもの、そんなもの、ただ一つだけだ。待ち望んでいた融合欲求が訪れた。私は歓喜した。方向から考えて、どの女王を目指して移動しているかは明らかだった。

私はすぐさま家に引き返し、地味な服を着込んで顔を隠し、大急ぎで我が家の周辺の粘液を掃除した。ガラスの割れる音で誰かが目を覚ましたかもしれない。極力迅速に我が家へと続くヌメリヒトモドキの痕跡《こんせき》を処分する必要があった。

落下地点の掃除を終えると、私は家の中の掃除に取り掛かった。浴室の扉はやはり、すりガラスが破られていた。洗面所はどろどろで、リビングもところどころに粘液の塊がべっとりと張り付いている。見ただけですっかり気が滅入《めい》る光景ではあったが、しかし私は精神安定剤を必要としなかった。一歩、妻の魂が、黄泉《よみ》からここへと近付いた。そのことが私の心を、どんな薬剤の効果よりも強く癒《いや》し、同時に昂《たか》ぶらせた。

期待はするな、期待はするな、そう繰り返す言葉はしかし、ほんの極々小さな油断で大きく霞んだ。口元のにやけを抑えきれない。浮かれるな、だなんて、無理な話だ、土台無理な。嬉しく感じないはずがないじゃないか。

女王と融合して取り込まれたヌメリヒトモドキは、二十時間から四十時間の間に再び女王から分裂する。あの速度だと女王のところへ到着するまで六、七時間は掛かるだろう。すると私のヌメリヒトモドキが新しく生まれ変わるのは、早くても翌日の朝八時半。その時間になったら女王のところへ迎えに行けばいい。その間に私は浴室の扉を付け替えることにした。

誰の手を借りるわけにもいかないから骨は折れるが、やるしかない。元よりこうして浴室の扉が破壊される事態は予測していて、替えの扉は既に買ってあった。鍵だけ取り付けて扉をそのまま放置していたのは、もしかしたら壊されないかもしれないし壊されてから付け替えればいいかという楽観からだったのだが、こうして家の中を荒らされてみて、やはりあらかじめ環境を整えておけばよかったと後悔を覚えた。家の中の掃除が終わった頃にはもう昼時になっており、私は慌ただしくホームセンターへと出かけて、足りない材料を買い揃えた。

他の部屋の住人に気付かれれば全てが水泡に帰す。大きな音を立てないように細心の注意を払い、きんきんに張り詰めた緊張感の中で必死に作業する。そして浴室のそれとしてはまるで似つかわしくない頑丈な扉と鍵を取り付け終えた私は、疲れ果てて仮眠を取った。しかし、それほど深く眠らないうちに自然と目が覚めて、一度眠りを失うともう大人しくしていることができずに、次の日の午前一時、久しぶりに車を出して早々に女王のもとへ向かった。

通勤時ビルの間から見えていた女王は、近付いてみれば東京湾に面した海岸にある。そこからは虹《にじ》の名を冠した橋が見え、近くにはテレビ局もあった。しかしどちらももう、粘液に塗《まみ》れた過去の遺物、現在では数種の苔《こけ》とヌメリヒトモドキの巣窟《そうくつ》だ。ビルよりも巨大な女王の鎮座するその海岸付近は立ち入りが規制されているわけではないが、人気は全くない。

女王にはヌメリヒトモドキが集まるせいで、自然、その周りからは人が離れていく。女王が出現したせいで人の住めなくなった街は多い。まあ、それが今の私には都合が良かった。かつてはデートスポットとしても名高かったその街も、今は一帯が粘液に埋もれた廃墟《はいきょ》になってしまった。

女王に近付くにつれて、まるでゾンビ映画のワンシーンに入り込んでしまったような感覚が強まっていく。電気の通わない真っ暗な都会。窓が割れ、粘液を滴らせ、苔のびっしりと生えている建物群。人のいる気配は欠片《かけら》もないのに、足を引きずって歩き、そして芋虫のように這いずる人型のヌメリヒトモドキ達が、そこここで目的もなく彷徨《さまよ》っている。

私は海辺に到着するとすぐ車から降りて、海岸に座った。女王の放つ膨大なヌメリ臭のせいで、潮の香りすら消えている。粘性の高い湿気を含んで砂浜の砂はべたべたといやらしく固まり、波の音もどこか粘り気があって重々しかった。浮かれていた私の気分は一瞬で反転し、急いで精神安定剤を飲んだ。これから長ければ丸一日以上、眠らずにここで女王を見張り続けなくてはならない。食料や防寒着の用意もしてある。膝《ひざ》を抱えてじっと女王を見つめていると、はるかに望む高速道路を走る車の音と、規則正しい波の音が、私の内省をクリアにしていった。

私のヌメリヒトモドキが産まれるのを待っている間にも、女王と融合しにきた、もしくは女王から分裂した無数のヌメリヒトモドキ達が、私の横を素通りしていった。出てくるそいつらに紛れて私のヌメリヒトモドキを見落とさないようにと、一瞬も気が休まる暇はなかった。

私のヌメリヒトモドキが女王から分裂したのは、想定していた最長時間に近づいた頃だった。午前三時四十分。あの時の感動を忘れることは永劫《えいごう》ないだろう。

空に星はなく、周辺に人工の明かりもないため、海岸は本当に暗かった。でも私にはわかった。どんなに視界が悪くても、その痕跡を見逃すことなど絶対にあり得ない。女王から新たに産まれ出た私のヌメリヒトモドキは、確かに、妻の面影を宿していたのだから。

私は妻の髪をヌメリヒトモドキに与えて、ビニールを敷き詰めた車のトランクへと誘導した。なんとかそいつをトランクに押し込めて、私は歓喜に弾《はじ》け飛びそうな気持ちを抑えて車を走らせた。抑えろ、期待するな、抑えろ、期待するな——。

しかし扉の新しくなった浴室へとそのヌメリヒトモドキを招いた頃には、私の心は計画の構想段階から続く不断の努力を完全に忘れ去って、妻の精神をこの世に呼び戻すことができるかもしれないという期待で爆発しそうなほどに膨らんでいた。目の前でまた排水溝に指を突っ込んでいるヌメリヒトモドキが——醜くも薄く妻として色づき始めたそのヌメリヒトモドキが、妻の記憶を持ち、妻の心を持ち、私の名を呼んで生を共有してくれる時が近付いている。その日は月曜日で仕事があったため、丸一日以上寝ていなかった私は少しでも眠ろうと努めたが、それでも昂ぶった鼓動は私に睡眠を許さなかった。

それにしても、人間近似個体を造ろうとして人間の情報を与えられたヌメリヒトモドキは一度の融合で進化する度合いがデタラメだと、眠ろうとしない頭脳でその時の私は考えていた。イイジマ個体の時もそうだったし、彩本個体の時も恐らくはそうだったのだろうが、人間近似個体を造ろうという試みの下でヌメリヒトモドキを女王と融合させると、そうでない時と比べて進化速度が異常に速かった。事実、野良《のら》ヌメリヒトモドキは三十年四十年という長い年月を掛けて、ゆっくりゆっくり、ナマコのような形からやっとこ、ぬぼうっとした亡霊じみた形まで進化したというのに、私のヌメリヒトモドキは一度の融合であんなにも妻に近くなった。

もっと多くを語り、もっと多くを与え、一刻も早くこの世に妻を呼び戻そう。その決意の固さに比例して、妻に会える日が近いのだという実感が強くなった。

結局一睡もしないままに朝を迎え、カレンダーの昨日を塗った。しかし、消費した昨日は、いつものようにただ無意味に黒へ沈んだわけではなかった。黒く侵されることのない真っ白な未来のための昨日だ。その重要な足がかりとしての生産的な消費だ。一抹の白もないカレンダーの昨日の枠を、私は指の腹でなぞって、黒の中から伝わるかすかな妻の沈黙を――無機質な世界を色づける愛の息吹《いぶき》を、噛《か》み締めた。

9

「主任、何だか嬉《うれ》しそうですね。もしかして昨日はよく眠れたんですか？」

研究所でカンナミ研究員と顔を合わせると、彼女はそう言って私の顔を覗《のぞ》き込んだ。ちりぢり、とろとろ、熱くて粘性の高いその視線に私の神経が痛々しく焼ける。舐《な》めるように、という表現があるが、妻が死んでからというもの、彼女と顔を合わせるとまさにその視線によってねとねとと皮膚を舐め回されているような感覚に陥った。妻が死んで私の精神状態は著しく変化したが、それに加えて私には、カンナミ研究員の私に対する態度もまた少し変わったんじゃないだろうかと思えてならなかった。

全く眠ってなどいなかったが、面倒なのでカンナミ研究員の言葉はとりあえず肯定しておく。久しぶりに長く深い眠りを享受することができたという私の嘘を聞いて、カンナミ研究員はどこか嬉しそうに見えた。

無口な私の感情を一目で読み取ったカンナミ研究員の洞察力には少なからず驚いたのだが、昼休み、山崎さんからも同じように嬉しそうだと指摘されて、カンナミ研究員の観察力が秀でているせいではなく私がこの昂ぶりをよっぽど態度に出してしまっているのだと気付いた。

「主任さん、女でも抱いたなあ、そうでしょう、ん？　どこの店ですか。いや、もしや、カンナミさんかな？」

私は呆《あき》れ半分に否定した。それでも彼はしつこく色恋沙汰《ざた》に絡めて探りを入れてきたので私は、以前お互いまだ好きあっていたのにやむなく別れた恋人と再会できるかもしれないという設定で嘘を答えた。ある意味真実だ。

「そりゃあ、よかったじゃないですか。その子が主任さんの苦痛を取り除いてくれるよう、俺は祈っていますよ。主任さんが俺のように腐ってしまいやしないかと、いつも不安に思っていたんです」

山崎さんはそう言って、どこか悲しそうに私を羨《うらや》んだ。浮薄さが剝《は》がれている。私は動揺して、彼のその無防備な姿から目を逸《そ》らした。

「まあ、これで主任さんに遠慮することなく、カンナミさんを狙えるってわけですね。こりゃあ、本当に彼女のこと紹介してもらおうかなあ。いやいや、嘘ですよ。狙うにしても主任さんの手をわずらわせたりしません。ただ、いつの間にか俺とカンナミさんがむふふな関係になっていても、その時になってから妬《や》いたりしないでくださいよ」

山崎さんがそう言ってにやにやする様子は見ていて痛々しかった。浮薄の仮面は元通り、彼の素顔を覆い隠していた。その仮面は、山崎さんの魂の傷口から湧く膿《うみ》を材料にして作られたものだ。だから仮面の厚さは傷の悪さと比例している。彼がより浮薄に見えれば見えるほど、彼の魂は痛み、ひどく化膿《かのう》している。

このように彼が普段にも増して浮薄な様を演じるのは、もしかしたら私が本当に妻の死から解き放たれ、軽やかに人生を歩き始めたと思い込んだせいかもしれない。彼が私の幸福を願って自分のようにはならないでほしいと考えていたのは間違いなく本心だろう。ただ、愛する人を失ったことによる魂の腐敗から私だけが逃れるのは望ましくないというのもきっと、偽らざる本音のはずだ。人がそうして他人の幸福と不幸を同時に、しかも心から、願うというのは矛盾ではない。悪意があってのことでもない。だからこのことが彼の善良さを翳《かげ》らせることにはならない。

ただ、そうした矛盾は彼を苦しめるものだ。人の不幸を願うことは、願ったその人が善良であればあるほど、そうした善良さとの間に矛盾をはらんでその人を苦しめる。その願いが無意識によるところでそこに悪意がなく、しかもそれがいかに人として自然な心の摂理だとしても、善良さと混じって毒と化す。

恐らくは私と別れて一人になった後に山崎さんを襲うであろうそうした苦しみを思って、やはり変に嘘などつかず誤魔化すか、もっと下らないことを理由に挙げるべきだったと私は悔いた。それほど明らかに、私の話を聞いた彼はいつにも増して異様に明るく、その言葉は軽々しかった。

山崎さんと別れた後も彼への憂慮はしつこく私の思考を占領していたが、私は努めてそれを振り払った。この後に控えた実験は、集中力を欠いた状態で臨むには惜しいものだと考えたからだ。

　その日の午後の予定は、変わらずイイジマ個体の人間としての心理機能を試す実験であったが、その内容はある種大きな挑戦だった。

チームメンバーを連れてイイジマ個体のケージ前まで来た私は、あらかじめ用意されていた台本通りにイイジマ個体に話しかけた。イイジマ研究員が行方不明になっているために、当然ながらその家族が彼の身をひどく心配していること。そして進展しない警察捜査に苛立《いらだ》ち、取り乱した家族が彼の職場であるここに乗り込もうとしていること。もちろんそれは許されないことだし、もし本当に乗り込んでこようものなら、彼の家族は重い刑事責任を問われることになること。警察とは話を合わせてあるから、家族を落ち着かせるため、イイジマ研究員を装って一芝居打ってほしいこと。下手くそな演技でそれらを伝える。

イイジマ個体は私の話を聞いて、渋々ではあったがそれを了承した。

　イイジマ個体が演じる設定を大まかに記述するとこうだ。行方不明になったイイジマ研究員はついさっき警察に保護された。どうやらヌメリヒトモドキのある重要な機密事項に関連して、行方不明になっていたらしい。事情聴取が終わるまでは、事が事だけに家に帰すわけにはいかず、しばらく警察の施設で過ごすことになっている。イイジマ個体が完全に理解できたとわかるまで、家族と電話をしている状況を想定してその設定をくり返し練習のために演じさせ、それから家族に繋《つな》がった電話を渡した。

行方不明になったイイジマ研究員の身を彼の家族が案じているのは本当だったが、警察の捜査に業を煮やした家族が彼の手掛かりを求めて研究所へ乗り込もうとしているというのは嘘だった。

さあ、どんな反応を示すのか。メンバー全員が目を凝らす前で、忠実に与えられた役割を演じていたイイジマ個体は、家族と話し始めて五分後、突然泣き始めた。元々粘液で濡《ぬ》れそぼったその顔を、新しい粘液で汚す。糸を引く汚らしい粘液が目の部分からだらだらと垂れ流されていた。

初めは電話の向こうにいる妻子に向かって君達に会いたいと涙声で何度も訴えていたイイジマ個体はやがて、自らの境遇を悔いるような発言を始める。それがヌメリヒトモドキとして生まれ変わってしまったことを指しているのは明らかだった。自分に課せられた役割を忘れ、家族へ真実を伝えようなどという様子が見られればすぐ、こちら側でイイジマ個体の意思に関係なく通信を切るつもりだったので、私はイイジマ個体の様子を観察する傍《かたわ》ら慎重にそのタイミングを計っていた。

ところで、私達チームはイイジマ個体に、イイジマ研究員は彼の家族が研究所へ乗り込もうとしていることを知らないという体で話をするよう伝えてあった。そうしないと我々の作った嘘が露見する。しかし、イイジマ個体の取り乱し方がひどかったため、私が電話を切るよう指示を出すと、イイジマ個体は電話が切れる直前にイイジマ研究員の家族へ向かって、研究所へ乗り込むなんて馬鹿げたことはするなと口走ってしまった。イイジマ個体の発言に対して家族が何らかの反応を示す前に電話は切れたはずなのだが、研究チームにとって都合の悪いことを自分が言ったために電話が切られたのだと勘違いしたイイジマ個体は、結果、イイジマ研究員の家族が研究所へ乗り込もうとしているのは嘘だという考えに至ったようだった。

「面白い実験データは取れましたか？　僕の葛藤《かっとう》と絶望は、人類のためにどんな役に立つんですか？　不死身の体を持つ人間の心を壊そうという試みの中で、どんなに生産的な発見が成されるのか、僕自身とても楽しみですよ。ですが仮にこの実験の結果が、どんなに人類を助けることになろうと、僕は絶対にあなた方を許さない。今後二度と、僕が進んで実験に協力することはないと、認識しておいて下さい」

イイジマ個体はそう吐き捨てた。それを聞いてカンナミ研究員が深く溜《た》め息を吐く。

「何度も言っていますが、あなたはイイジマ研究員ではないし、ましてや人間でも、決してありません。ヌメリヒトモドキとして生まれた自分にはあらゆる人権が適用されないということを認め、そしていかなる場合でも我々の研究に協力すると誓約したことを忘れたわけではないでしょう。イイジマ研究員は確かにその誓約書に自らの意思でサインされました。あなたの記憶の中にもそのことは確実に刻まれているはずですが」

カンナミ研究員が冷たく機械的な調子でそう言うと、それは嘲笑《ちょうしょう》か、イイジマ個体はごぼごぼと奇妙な音を発してそのぬるついた顔に笑みを浮かべた。

「カンナミさん、あなたが言っているように、僕があくまでヌメリヒトモドキであってイイジマではないというのなら、人間の僕が交わした誓約が、この僕に適用されるというのはおかしな話ではないですか。そもそもその誓約書に一体何の意味があるんですか？　その誓約を破ることによって僕に科せられる罰は一体何です？　不死身の僕に罰として機能し得る何かがこの世にありますか？」

「あなたは不死身でしょうが、イイジマ研究員のご家族は不死身ではありませんよ」

カンナミ研究員が間髪を容《い》れずにそう応《こた》える。私はカンナミ研究員を止めようとその肩を強く摑《つか》んだが、彼女はその私の手に自分の手を重ねただけで言葉を切ることはしなかった。

「ヌメリヒトモドキであるあなたの責任は全てイイジマ研究員が負うことになっています。イイジマ研究員のサインした誓約書は、ヌメリヒトモドキであるあなたにあらゆる人権が適用されず、あなたが進んで実験に協力することを、イイジマ研究員の責任において誓約するという内容のものです。イイジマ研究員が行方不明になっている今、恐らくその責任は彼のご家族に課せられることになるでしょう」

カンナミ研究員の言葉にイイジマ個体は啞然《あぜん》とした表情で聞き入り、やがて激昂《げっこう》して、誓約書の内容はそんなものではなかった、と怒鳴った。そんなんじゃなかった、騙《だま》された、そう喚《わめ》きながら、ケージのガラス壁を無茶苦茶に叩《たた》く。

「所詮《しょせん》ヌメリヒトモドキとはいえ、イイジマ研究員としての記憶を持つあなたにとっても避けたいことではないですか？　イイジマ研究員のご家族が前科者になるというのは」

「まるっきり馬鹿げている、そんなこと許されない、許されるわけがない」

「許されます。ヌメリヒトモドキに関してのみ、この国の道徳は、現在の世界の倫理は、それを許します。それとあなた、さっき不死身であることで罰を罰とも感じないようなことを言っていましたが、融合欲求を妨げられることでヌメリヒトモドキが苦しみを感じることは、あなただって知っているでしょう。人であることに固執していて忘れていましたか？　いいですか、あなたは、ヌメリヒトモドキです、人間ではありません。実は融合欲求を妨げることで生まれるヌメリヒトモドキの苦痛についてあなたから内省報告を得ようという実験の予定もあります。まあ、私達は人間なので、あなたが私達に協力するかどうかで実際、心境も変わってきますよね。もしかするとあなたの態度如何《いかん》で、そうした実験の内容にあなたにとって望ましくないような変更がなされることも考えられますよ」

カンナミ研究員の演説は、イイジマ個体の精神を徹底的に痛めつけたようだった。イイジマ個体は混乱した様子で、必ず復讐《ふくしゅう》してやるという誓いを我々に宣言した。

私は研究ブースに戻ってからカンナミ研究員を叱りつけた。実験計画にない強い刺激をイイジマ個体に与えたこと、そして今後の実験予定についてイイジマ個体に教えたことを叱り、研究者に必要な冷静で客観的な視点、自分を統制するという能力が決定的に欠けていると叱った。

しかし、それもチーム主任としての役割上必要だと思われるからそうしただけであって、彼女の行いが今後の実験に悪い影響を及ぼすであろうことについて私が本気で懸念していたわけではない。実際そのせいで実験に悪影響が出るであろうことは確信していたが、それによって私に何か不都合があるわけでもない。まあ主任としての責任を問われることもあるだろうが、そのせいで降格させられたとしても、むしろ私にはその方が願わしい。そんな私の気持ちが伝わったのか、カンナミ研究員は私に指導されながらも反省しているようには見えなかった。

「だって、イイジマ個体があんまり、自分は人間として扱われて当然とでもいうような態度だったものだから」

演技臭く拗《す》ねてみせて、どこか甘えているような声音でそう言う。

「イイジマ個体にとって感覚的には、自分が人間のイイジマさんであることと変わらないというのは理屈ではわかっているのですけど、そもそもがただのヌメリヒトモドキのくせに、同じ記憶を持っているからってイイジマさんみたいに振舞って、腹立ちませんか？」

ねえ、とカンナミ研究員は振り返り、ブースにいた他のメンバーに同意を求めた。皆否定も肯定もせず、苦笑してお互いに目を合わせる。誰もはっきりと自分の考えを口に出すことはしなかったが、なんとなくカンナミ研究員に味方するような空気から、全員が同じことを考えていると私にはわかった。今後の実験に支障が出るのは困るが、しかしカンナミ研究員と同じようにイイジマ個体には少なからず腹が立っていたし、今回の彼女の行動を責めるようなことはしないでおこう、と、恐らくは誰もがそう考えている。

あぁ、なるほど、と私は一人静かに納得する。カンナミ研究員はチーム全体を包むイイジマ個体へのその共通認識を感知しており、真剣味に欠けていたのであろう私の説教を受けて、こう考えたに違いない。「主任もまたイイジマ個体に対して、私や他のメンバーと同じように憤りを感じていたのだ。だからこうして、私のことを心から責められないでいるのだろう」。カンナミ研究員から反省が感じられないのはそのせいだ。それはそれで一向構わないのだけれど。主任としての義務を形として果たすことができればそれでいい。

「なんだか、イイジマ個体の態度って……いえ、存在そのものが、なんだかイイジマさんを侮辱しているような気がしてならないんです。それって、とても許せないことのように、私には感じられてしまって」

それは嘘だ。なぜというわけでもないが、カンナミ研究員は今、嘘をついているとはっきり感じられた。冬の曇り空に似た、彼女の少し落ち込んだ表情が白々しいと思えた。後悔、そして自責。彼女の表情は、いささか雄弁に過ぎるほど如実にそれらの感情を語っていた。誰の目にも明らかに、彼女は自分の行いを悔いていた。だから、だからこそ私にはわかる。それが疑いようもなく嘘だということが。

10

私はその日、逸《はや》る気持ちを抑え切れず、帰り道に銭湯へ寄らなかった。だから妻の影を抱くのも、夕飯を食べるのも後回しにした。家に着くとすぐ、いつもの装備に着替えて浴室へ飛び込む。そこでは、妻の面影を持つヌメリヒトモドキがシャワーを出したり止めたりして遊んでいた。

私が扉を開けたのと同時にこちらに振り向く。明らかに知能が高くなっているのがわかった。私がいつものように浴槽の縁《ふち》へ腰掛けるのを、じっと目で追ってくる。私は手を伸ばして、ヌメリヒトモドキの頭に乗せた。ぬるり、手を滑らせると、べったりと頭に張り付いているまだ量の少ない濡《ぬ》れた頭髪が、ゴム手袋に包まれた私の手の動きに合わせて流れる。ぽーっと口を開いたまま、私の挙動を、その青い瞳《ひとみ》に染み込ませるような真剣さで見つめている。

これからこれはもっと妻へと進化していく。私と出会う前から既に完成されていた本物の妻とは違い、これは、私の働きかけによってこそ完成されていく。次の融合欲求が待ち切れなかった。もしかすると、私がこれを捕まえた時には既に、その直前の融合から一年近くの月日が流れていた可能性もあるわけで、このヌメリヒトモドキが融合欲求を示す間隔の長い個体なのか、短い個体なのか、次回の融合欲求が示されるまではわからなかった。ただ、今の私は数日前までの哲学を完全に捨て去って、このヌメリヒトモドキがどうか極めて融合欲求を示し易い個体でありますように、と全身全霊で祈っていた。

神よ、私はもう一度だけあなたにチャンスを与えたい。妻の心に再び生を。こんな真摯《しんし》な祈りが届けば、私はこの世で最も敬虔《けいけん》な宣教師にもなろう。

私は妻の話を始めた。空しさはもう感じなかった。私の口を発《た》つ言霊の一つ一つが、ヌメリヒトモドキの青白い皮膚に染み込んでいって、それは色濃く香り立つ。そうして少しずつ、少しずつ、黄泉《よみ》で眠る妻の魂が、その香りに誘われて現世に降りてきてこれに宿っていくのを、眩《まぶ》しい恍惚《こうこつ》の中にその時、私は見ていた。新しい彼女の生が、もっともっと熱を持つように、もっともっとカラフルになるように、もっともっと高く薫るように、私は、妻の思い出への憧憬《どうけい》と熱情を削り取り、丹念にそれを編み込むようにして、ゆっくりじっくり言葉を産んだ。

その時私は、妻と私が恋人としてお互いを呼び合うようになるまでの経緯《いきさつ》をヌメリヒトモドキに話していたのだが、手記のこの部分には、彼女の死について記述しよう。私と妻が世間的に特別な意味を持つとされる「恋人」というその関係性を得るまでに、どう言葉を交わし、どう触れ合ったかなどということにあまり意味はない。それに私と彼女にとっては、友人同士だった二人が恋人として互いを認めるために必要な気恥ずかしい例のあの瞬間にも、儀礼的な意味合い以上のものは何一つない。私と彼女との関係を指すその名がどう変化しようとも、それよりも前から私には彼女が特別で、謎で、唯一で、それはその後も変わらなかったからだ。

彼女の死についてとはいったものの、ここで彼女の人生を奪った悲惨について具体的に多くを語ることは意味を持たないだろう。彼女のそれは平凡な死だからだ。もちろんそれは、私にとっては決して平凡などという言葉で片付けられるものではないが、しかし否定しようもなく、大部分の死は平凡だ。彼女の死もまたそれに類する。事故ではない。緩やかに生を失っていく類《たぐい》の死だ。それに、もしここでその無為さを考慮せずに、彼女の命を壊した苦痛の正体や、妻の死を前にして私を蝕《むしば》んだ残酷な葛藤《かっとう》の過程について記述を始めれば、その量はかつての日記の比ではないだろう。もし機会があるのなら、それはまた別のところに記すことにしよう。

私がこの手記にどうしても書いておかなければならないのは、彼女が死に際して私に命じた、その、絶対の戒めだ。何のことはない。誰かを残して逝く者としては当たり前のことを、彼女は言っただけなのだけれど。つまり、彼女はこう言った。私が死んでも、あなたは生きなくてはいけない、と。

彼女はそうして私を生に縛り付けた。もし彼女のその言葉がなかったら、私は彼女の後を追って死んでいただろうか、とそんな風に考える時がある。平凡な答えに、どうか笑わないでほしい。どう考えても、答えはイエスだった。私は死んでいたに違いない。自らの意思で死を選んでいたに違いない。何かを進んで変革することを好まない性格上、仮に生を捨てるという大それた選択をすることができなくても、私の体は、無意識は、きっと私を殺したはずだ。

しかし、彼女の戒めは、今にも融解して空気に溶けそうな私の魂をがんじがらめに縛り付けてその形状を保ち、決してばらばらの散り散りになることを許さなかった。彼女が私にそう命じた以上は、私が自らの意思で死ぬことは無理だった。そして私の体も、無意識も、同様に私を殺すことは無理だったようだ。

「私、天国で家を建てるよ。金魚もハムスターも飼っておく。庭に季節ごと咲く色んな花と、あとね、アスパラも植えておくよ。あなたはおじいちゃんになってから私の家に来るの。でも私はね、若いままだよ。天国に到着した時のまま、歳をとらないの。だってそうでしょ？　魂ってそういうものでしょ？　ぴちぴちの私とね、よぼよぼのあなたが、もう一度夫婦よ。私はあなたをからかうの。だって、しわだらけでしょう。髪だって少なくって、総入れ歯で、もしかしたらオムツで、それでね、ちんちんもふにゃふにゃよ。かわいいおじいちゃんのあなたを、私はからかうよ。でもあなたは、耳も遠くって、私の言っていることがよくわからないのに、でも私の笑う顔を見て一緒に笑うのよ。天国だからきっとね、すごくハンサムな天使がいたり、昔死んじゃったイケメンのアイドルとかもいっぱいいたりして、ほら、私ってかわいいから、あなたがいない間にそんな人達が私を口説きにくるの。でも安心して。デートくらいならしてあげるかもしれないけど、でもね、私には今も愛する夫がいるのよって、結局そんな人達を私は振るのよ、つっけんどんに。だから、ゆっくり来て大丈夫。ゆっくり生きて、天国に来てから私との話題に困らないように、たくさんたくさん、色んな経験してね。いっぱい私をうらやましがらせてね。いっぱい私を嫉妬《しっと》させてね。いっぱい私を笑わせてね。天国もきっとそりゃとてつもなく楽しいところで、あなたが天国に来る頃にはきっと、あなたに話したいことがたくさんあり過ぎて、体が十倍くらいに膨らんでるかも。うん、そうだなぁ、天国には金色の雪が降るのよ。それに、桜色の風が吹くの。きれいでしょ？　それでね、あなたが天国に来たら、覚悟してね、あなたは私に連れられて天国中を巡るの。あなたが来るまでの間に私は天国を隅々まで旅しているから、どこだって知ってるのよ。美味《おい》しい天国料理を出すお店も宇宙で一番きれいな絶景も知ってるし、地上じゃ見たことないような乗り物のたくさんある遊園地も知ってるよ。私はね、イヴァン・アイヴァゾフスキーやアルフォンス・ミュシャやカルロ・ドルチとも友達になるから、あなたに紹介するね。彼らが私達のために絵を描いてくれるのよ。もしかしたら、神様とだって、私は知り合ってるかもしれない。みんなにあなたを紹介するから、私の夫よって。だから、あなたが天国に馴染《なじ》むのに三日もいらないわ。楽しみでしょ？　だからね、だから、私は待ってるからね、あなたはできるだけゆっくり、できるだけ噛《か》み締めて、あなたの生を全うしてね。どんなに私に会いたくても、急いで会いにきちゃだめよ」

妻はそんな話をした。いつも通りの妻で、いつも通りの調子で、そんな話をしていた。私が知らないとでも思っていたのだろうか。彼女が夜にいつも通りでなくなることを。いつも通りの明るさも、いつも通りの快活さも消え失《う》せて、彼女にはまるで似合わない泣き顔で夜を越しているのを、彼女は本当に、私が知らないとでも思っていたのだろうか。彼女はそうして私を地上に打ちつけた。

カレンダーを埋める黒の向こうに、君の言う天国が待っているのだろう。たった一人で生きて、やがて死んで、僕はそこに行くつもりでいた。でも、予定を変更させてくれないか。君のコピーを作ってるんだ。少し醜いコピーになると思うけど、でも、僕はよぼよぼのおじいさんになってからじゃないと君に会えないんだから、ある意味これでお互い様だろう。君に話そうと思う諸々《もろもろ》を日記に書き留めて、その日記と一緒に君のもとへ行くから、そしたらその時は、ずっと二人きり、宇宙が潰《つぶ》れるまで話をしよう。一人じゃどうも、僕は、一人きりじゃあ、生を全うできそうにないんだ、まるで、そうなんだ。

ヌメリヒトモドキへの話を終えて、私は銭湯へ出かけようとしたが、その時今さら、とはいっても当然ながら、ほぼ丸二日間眠っていない私を突如として凄《すさ》まじい眠気が襲った。風呂《ふろ》に入らないで家に深く上り込むことなど、ましてや布団に入ることなど、加えて妻の影を抱くことなど絶対にできない。しかし、穢《けが》れた自分の体に対する強い嫌悪感をも組み伏せる程に強い睡魔に負けた私は、それでもせめてこんな体のまま布団で眠るわけにはいかないという堅固な意思も相まって、結局玄関で倒れるように眠ってしまった。嘘から出た実《まこと》か、その夜、私は妻が死んでから初めて、どっぷりと深い眠りの中に沈み込んだ。

ここでもやはりそうだ。妻は、妻の精神は、私を変容させていく。規則正しい私の生活は、小さな妻の欠片《かけら》を内包したヌメリヒトモドキによって乱された。プログラム通りに進行する私の日常は、妻という存在によって混沌《こんとん》を得る。そして、妻によってもたらされる混沌はいつも、私を熱くたぎらせ、同時に穏やかに潤す。変化に臆病《おくびょう》な私には描けない生の悦楽が、目を凝らすとその混沌の中に時折見えた。それは、妻にしか描けない、私達だけの悦楽、私達だけの人生だった。

私の生活はそれから実に刺激的に変化した。いや、実際の生活の変化よりも、それに対する私の認識の変化の方が大きいだろうか。シンプルな言葉だが、正直に当時の私の気持ちを表せば、純度百パーセントで、私は楽しかった。

常識的に考えればまるっきり狂っていると思われるかもしれない、歪《ゆが》んでいると思われるかもしれない。どうして好き好んでヌメリヒトモドキを家に入れることなどあろうか、と。そうだ、確かにヌメリヒトモドキは、臭く、汚く、愚かで、不気味で、あれはもう、何よりも最も蔑《さげす》まれて然《しか》るべき命だ。神の犯した唯一にして最大の失敗だ。

　しかし、そんなヌメリヒトモドキと私との生活は、妻を想えばこそ快楽にさえ昇華し得た。妻の生の確かな実感を与えられた私にとって、私のヌメリヒトモドキは以前ほど不快なものではなくなっていた。家に帰れば私を包む生々しい激臭も、研究所のヌメリヒトモドキケージで臭うそれとは違い、たやすく耐えることができた。いわばその臭いは、妻の精神に巣くった死という毒だ。私のヌメリヒトモドキは、死を排泄《はいせつ》してその内部に宿した妻の生の純度を高めている。だからこれは、妻の蘇生《そせい》する香りだった。そう思えば、誰もが嫌悪し、そして私も嫌悪していたヌメリヒトモドキのその臭いですら好ましく思えてくる。

　私はもう、妻の話をしても苦しいとも悲しいとも感じなくなっていた。私の中からは既に、永遠に失われた者への後悔が消え去っていた。いずれまた私の腕に帰る彼女のことをいくら語ろうと、そこにあるのはただ、焦がれる想いだけだ。

　イイジマ個体についての研究はあれから、意外にも滞りなく進行していた。カンナミ研究員の脅しが効いたのか、それとも別に思惑があるのかわからないが、イイジマ個体は概《おおむ》ね実験に協力的だった。もっとも、我々研究チームに対する色濃い憎しみはひしひしと伝わってきた。

イイジマ個体の研究について大きな変化があったのは、私のヌメリヒトモドキが最初の融合を果たした一週間ほど後。その頃、イイジマ個体がとうとう融合欲求を示し始めた。ちなみにイイジマ個体が融合欲求を示し始めていることが明らかになったのは、イイジマ個体の申告ではなく、カンナミ研究員の発見によるものだった。イイジマ個体は融合欲求を感じてもそのことを我々に報告しなかったようで、加えてイイジマ個体が我々の質問に対していい加減な答えしかよこさないものだから、実際の欲求発現の時期がいつだったのかは結局わからず仕舞いだった。

「なるほど、なるほど。残念だけれど、融合欲求はどうやらあなた達の考えているほどには狂おしい欲望ではないらしいですよ。ヌメリヒトモドキがこの欲望に耐えられないのは、彼らがヌメリヒトモドキとしての低い知能しか有していないために、抗《あらが》う術《すべ》を知らなかったせいでしょう。動物が食欲や性欲によって他者を殺し得るのと同じですよ。でも、僕は人間の心を持っている。理性があり、誇りがある。あなた達の持つ残酷さの方がよほど、人間らしからぬものだ」

融合欲求についてのイイジマ個体の言葉だ。

その頃のイイジマ個体は、かなり不安定だった。睡眠を必要としないヌメリヒトモドキの長い夜、ケージの監視カメラには、夜中に奇声を上げて喚《わめ》き散らしながらガラス壁や床を叩《たた》くイイジマ個体が記録されていた。ところどころに聞き取れる意味のある言葉は、我々に対するものであろう侮蔑《ぶべつ》と恨み言だ。そうして数十分暴れた後、イイジマ個体の激情は冷水に突っ込まれた熱い鉄のように、すっと冷えて、ケージの隅で体を丸めたあれは、今度は涙声で家族を呼ぶのだった。その姿は、昔の私に似ていた。神を憎んで亡き妻を呼ぶ二年前の私に。

精神安定剤で平静を取り戻した私と違って、イイジマ個体にはどんな薬も効かない。実証されていないのでわからないが、恐らくはその精神が限界を迎えたとしても、うつ病だって患わないだろう。いつまでも折れずに、しかし痛みだけはどこまでも蓄積された時、人間の精神はどのような様相を呈すのだろうか。狂うことのできない心は許容範囲を超えた苦痛に晒《さら》された時、どう変化するのだろうか。イイジマ個体への興味は尽きない。まあ、できれば実験には参加せずに結果だけ聞きたいものだけれど。

このタイミングでイイジマ個体の精神状態が劇的に悪化したことの原因について、チームメンバーは熱心に議論を交わしていた。イイジマ個体で何かしらそれを検証する実験はできないかと皆頭を捻《ひね》っていたが、そうした実験が行われるとしたらイイジマ個体ではなく別の人間近似個体だろう。実験で溜《た》まったストレス、カンナミ研究員の言葉、自己同一性の崩壊、彼を蝕《むしば》む要因ならいくらでもあったが、しかし、それらが形として現れたのには融合欲求が無関係ではないと私は考えている。イイジマ個体は融合欲求がまるでなんでもないことのように言ってはいるが、私はその言葉を信じていなかった。

11

ある日、それは冬で、年の変わり目も近い頃、会社は週末で休みだった。その日私は朝からずっとヌメリヒトモドキと過ごしていた。何時間でもだらだらと妻の話を続けようが、苦痛ではなかった。時刻は夕方、はっきりと高い足音を響かせて近付く幸福の気配に身を浸していると、カンナミ研究員から携帯電話にメールが届いた。今日、早く会えそうなので約束の時間を早めませんか。そんな内容だった。私はその日カンナミ研究員と会うことになっていた。普段は週末に会おうと誘ってくることなどなかったのだけれど。

私と妻の欠片との時間に水を差されて、ほんの少しだけ私はカンナミ研究員を不快に思った。本当だったら毎日でも全く隙もなくヌメリヒトモドキと過ごし、妻をこの世に呼び戻すのに尽力したかった。カンナミ研究員との時間も仕事の時間も、食事も睡眠も邪魔だった。私は決して失敗の許されない場所まで来てしまっているのだから。もう一度妻に会いたいという祈りが、どう目を逸《そ》らしても視界に映り込むほどはっきりと明るく色づいてしまったせいで、失敗を想定して希望を抱かないようにという当初の試みなど、もうまるで無意味だった。

もしもこれで妻の心の蘇生が失敗すれば、絶望に誘引された死への渇望と、生きることを強いる妻の戒めとの狭間《はざま》で、私は一体どうなってしまうのだろう。心は死んでいるのに体は死ぬことを許されず、私は、どんな光景を見ることになるのだろう。壊れない心と極度のストレスで板挟みにあっているイイジマ個体じゃないか、それではまるで。天国と地獄との間で、ふらふら、私はこの危うい均衡の中、なんとしてでも天国側へ倒れこまなければならない。しかし、それでもなお、私は人から働きかけられれば応じざるを得ない。それほどに私は恐怖していた。私を知ろうとする他人の目を。愛する人のそれではない、赤の他人の無遠慮な目を。本当の私を理解しようなどという暴力的な試みなど考えもしないうちに、無味無臭無色、私のことは極めて影の薄いよくわからない人間としてその人の中で揺るぎなく印象付けられて欲しい。妻以外の人間に対して私は常々そう願っていた。

私はすぐメールを返信して、ヌメリヒトモドキに別れを告げると、カッパ類を捨てて銭湯へ行った。素早く、しかし念入りに体を洗って、家に帰ってから香水を振り掛ける。そうしてヌメリヒトモドキの気配を体から完全に消し去って、私は車を出すとカンナミ研究員の家へと向かった。

「ねえ主任、どこか行きたいところありますか？　よかったら私、主任に連れていってほしいところがあるんですけど」

行きたいところなどあろうはずもなく、私はカンナミ研究員の望むまま車を走らせた。車中、彼女はのべつ幕なし話し続けていた。それは来日している洋楽アーティストの話だったり、彼女が今読んでいるミステリー小説の話だったり、研究所の同僚に関する噂話だったり——相槌《あいづち》だけ打っていれば聞いている風を装えるありがたい話ばかりだった。

カンナミ研究員は一定の調子で、特にはしゃいでいるようなわけでもなく、とはいえつまらなそうな空気は微塵《みじん》も出さず、ゆるゆるとぬるま湯を吐くように話す。相変わらず彼女と接するとヌメリヒトモドキを想起したが、条件付けだろうか、それに伴って妻の欠片《かけら》を宿したヌメリヒトモドキをも思い起こすようになった今は、カンナミ研究員の纏《まと》うそうした空気があまり不快には感じられなくなった。それも、妻の精神によって私にもたらされた生産的な変化の一つに数えよう。

やがて到着したのは横浜だった。横浜だ、ただの横浜。カンナミ研究員が連れていってほしいと言っていたのは、真っ当に赤レンガで、真っ当に山下《やました》公園で、真っ当に中華街だった。私はがっかりするのと同時に、まるでカンナミ研究員を責めるような気持ちが芽生えて、その後激しい自己嫌悪に陥った。誰もが妻のように、自分に新奇な刺激を与えてくれるわけではないのに。そもそも、自分から得ようとせずに、人から与えられるのを待っているだけの私に、誰かを疎ましく思う権利などありはしない。人に引かれ、押されてしか動けない私に、そうしてくれる誰かを責める資格などありはしない。そんな気持ちになってしまったのはきっと、私の中の妻が少しずつ、息を吹き返しているからだ。私はカンナミ研究員に申し訳ない気持ちでいっぱいになった。なんとなくそれから罪の意識が拭《ぬぐ》えずに、私は努めて真剣に彼女の話を聞くようにした。

女王のある東京湾とは大違いで、週末のそこは大勢の人が行き交っていた。何かのイベントでもあるのだろうか、そこいら中にモドキタタキを持った美観維持員が立っていて、ヌメリヒトモドキを見つけるとモドキタタキを振り回しながら、美観維持委員会のトラックの中へ追いやったり、海に落としたりしていた。電車がヌメリヒトモドキをはねたせいで大幅な遅延が出ているという、特に珍しくもない話を二人の美観維持員が忌々《いまいま》しげに話している。彼らは皆、なんだかひどく慌ただしい様子で、無線で連絡を取りながらヌメリヒトモドキを街から追い出そうと走り回っていた。もしかしたら要人でも来るのかもしれない。なんだか街もどこか浮ついた様子で、すごく賑《にぎ》わっている。

恐らくはそこにいる多くの人々がそうしているのと同じようなことを私達はした。カンナミ研究員はいつも、マジョリティに埋没する安心を私に教えてくれる。昔、妻と一緒にいると、私はなんだか自分自身もまた特別な人間になったような気がして、ひどく緊張することがあった。その点カンナミ研究員は私と同じように、誰しもが読む物を読み、誰しもが聴く物を聴き、誰しもが観る物を観ることを好んだ。ただ私とカンナミ研究員が違うのは、彼女の場合、多くの人が愛するそれらを本気で愛し、そして本気でそれらに感動していたということだ。結果として彼女はカメレオンのように周囲へ溶け込むことのできる人だったので、彼女と一緒に歩いていると、私自身、六十億の中のただの一つになったような感覚がして、とても落ち着いた。

ただ、そう、ひどい人間だと思われることを覚悟の上で書けば、カンナミ研究員は、妻に比べてしまうと、とてもつまらない人間だった。妻とは出会わずにカンナミ研究員と何かの弾みで恋に落ち、私と彼女とが結婚しているパラレルワールドの中では、きっと私はカンナミ研究員がつまらないなどとは考えもしなかっただろう。

妻は人間の原液みたいなものだった。濃い彼女の存在が、私の舌をバカにした。私はこれから出会うであろう誰に対しても、たぶん同じように退屈してしまうのだろう。妻によって私は不幸にもされているのだ、少なくはあるが、それは確かに。彼女のせいで私は、彼女以外の誰かを焦がれることもなくなった。

恐らくは典型的であろう横浜での過ごし方を満喫し、私達は帰路についた。

「ねえ、主任。実は、またプレゼントあるんですよ、クリスマスだし。ちょっと、うち上がっていってくれませんか?」

家の前まで送ると、カンナミ研究員が私をそう誘った。そうか、今日はクリスマスだったのか、と、なぜカンナミ研究員が休みの日に会いたいなどと言ってきたのか、なぜあんなに美観維持員がいたのかなどに合点がいって、同時に私はひどく慌てた。

誕生日を祝ってくれたお礼もしていないし、しかも今日がクリスマスであることを失念していたせいで自分が何もプレゼントを用意していないとカンナミ研究員に謝る。

「誕生日を祝ったからってわざわざお礼なんてしないでくださいよ。次の私の誕生日を主任が祝ってくれれば、それでいいです。それにしても、クリスマスを忘れるなんて主任らしいですよね。いいですよ、気にしないで。あ、それじゃあ、その代わりに今度、主任から食事に誘ってくださいよ。楽しみにしてます」

夜も遅いから平気だろうと考えて路地に車を止め、私はカンナミ研究員の後に続いて彼女の家に上がった。そこは私の家よりもさらに豪勢なマンションの一室で、妻と私の家とは、全く違う匂いがした。もっとも、今私の家は、ヌメリヒトモドキの臭いしかしないのだけれど。

カンナミ研究員がくれたのは、ワイシャツとネクタイだった。いつも同じようなのばかり身につけているから、とそれらを私に渡す。両方とも同じブランドの物らしいが、車のメーカーだって三つと知らない私には、それがどれほどいいものかなんてことはまるでわからなかった。

改めてお礼と謝罪を口にすると、カンナミ研究員は、だったらそれを今ここで着て見せてと、そう言って後ろを向いた。私がどうしたものかと思案していつまでも着替え始めないでいると、カンナミ研究員は背を向けたまま私を急《せ》かした。とりあえず、私は服を脱いだ。とりあえずだろうがなんだろうが、ともかく半裸のまま突っ立っているわけにもいかず、そして私はワイシャツを着て、ネクタイを締めた。何でもないその一連の動作が、自分の家で行われていないということについてひどく違和感を覚える。

着替え終わってカンナミ研究員に声を掛けると、彼女は振り返って、さも満足気に微笑んだ。ネクタイを撫《な》ぜ、私の胸に手を当てて、次に肩を摑《つか》み、彼女は少し首を傾げて私を見ていた。まるで、額に入った絵の真贋《しんがん》を見極めるように。秘密を見透かすような明るい視線が、私の不安を高める。ヌメリ臭はしないだろうか？　耐え切れずに視線を逸らすと、カンナミ研究員のその薄く開いた唇の闇から、熟れ過ぎた果実のように蠱惑《こわく》的で熱っぽい匂いが立ち込めていて、これならヌメリ臭が少しくらい残っていても彼女は気付かないだろうと私は自分を慰めた。

なんと言って帰宅を切り出せばいいだろうか。百通りの想定が生まれて、その全てが即座に却下される。生まれてこの方一度たりとも、子どもの頃から、大人になっても、自分から退場を告げるタイミングが摑めたことはなかった。宴《うたげ》が自然に解かれなければ、私は永劫《えいごう》家には帰れないだろう。私の沈思黙考に関わりなく、カンナミ研究員の視線はますます私を縛りつけたし、彼女の指は、きゅっと、ささやかだが頑《かたく》なな力で私に身じろぎを禁じた。

「相手にぴったり合うものをプレゼントできると、嬉《うれ》しいですよね。よく似合ってますよ」

彼女は何やら一つ頷《うなず》いて、私はお礼を言って、それを見て彼女がふふと笑って、それから二分後、なぜか私達の距離はゼロだった。布切れ一枚入り込む余地もなく、私達の距離は決定的にゼロだった。

彼女の吐き出す湿気が私の首筋を撫で、細い指が虫のように全身を忍び足で這《は》い回る。皮膚と皮膚との間でぬるく混ざり合った熱が、二つの体をよこしまな毒のように巡って、私と彼女をゆるゆると焼いていた。

吐息交じりの囁《ささや》きに従って求められるままに彼女の剝《む》き身の体をまさぐると、彼女はまるで痛みに耐えるように顔をしかめて短く呻《うめ》いた。彼女のふにふにとした弱々しい弾力は、良く熟れた桃のように強く押せばずぶりと指が沈んで穴でも空いてしまいそうな気がして怖かった。昔から、女性の体に私は臆病《おくびょう》だった。ヌメリヒトモドキに比べたら、いささか人はもろ過ぎる。

いや、違う。おかしな言い換えだ。体が怖いわけじゃない。距離が怖いだけだ。物理的にも精神的にも、妻以外の誰かとの距離が怖い。それが近ければ近いほど怖い。きっと、それだけだ。

そうして他人の体温を直接肌に抱いたのは久しぶりだった。その頼りなげで柔らかな感触には、怖さの一方で懐かしさすら感じた。しかし違和感があった。苛立《いらだ》ちを抑えきれないほどの違和感。狂暴に絡み付き、壊れたように皮膚に貪《むさぼ》りつき、私にも同じことを求める彼女のその様は、まるで得体の知れないグロテスクな深海生物だった。それが、妻とはまるっきり異質で、私をひどく不快にさせた。

妻とのそれはもっと穏やかだった。生まれたての子猫を抱くように慎重で、浅い眠りに見た夢の中を泳ぐようにゆるやかだった。一つ一つ、確かめ合うように、恐る恐る、しかし狂おしく、妻と私は互いに触れる。ジャムを作るのに似ている。私は妻を、妻は私を、ささやかな熱量で長時間、芯《しん》からどろどろに溶けるまで煮詰めていく。やがて骨も筋肉も形をなくして二人、ぐちゃぐちゃに混ぜこぜで身動き一つ取れなくなると、体の中に宝石のようなジャムが出来上がる。妻と作るきれいに透き通ったそれは、私の体の奥の奥、核の核に堆積《たいせき》していって、妻と話したり、見つめ合ったり、手を繋《つな》いだりする度に分泌され、口の中一杯に甘い香りを放つ。しかし妻が死んで、それはひどく固くなり、鮮やかさも失《う》せた。「悲しい」、それだけが香る。ただ、耐え難い「悲しい」だけが。

カンナミ研究員と初めにキスをしてから何十分が経っただろう。ふと気付くと、部屋中に人間の内臓の臭いが充満していた。この部屋は今、まるでヌメリヒトモドキケージのメタファーだった。ねっとりと不快な湿気、胸糞《むなくそ》悪い臭気、息苦しい熱気、部屋がまるごと腐敗しているかのよう。自然、息も絶え絶えに体をゆする彼女の肌は、汗でべたべたに汚れていた。それを意識した途端に、重油を一気飲みしたような不快感と強い吐き気に襲われ、私はぐっと身を強張《こわば》らせた。

「待って、待って。お願い、まだ、もう少し、もう少しだけ」

怯《おび》えたように震え始めた私の筋肉に触れて、カンナミ研究員は会社では聞いたことのない声でヒステリックに喚《わめ》いた。

それからもしばらくの間、そんな風にして妻とのそれとは違う騒がしい時間が続き、やがてもっともらしい静けさが私達の夜にも染み込んで、私は真夜中、そっと彼女の家を発《た》った。カンナミ研究員もそれには気付いていただろうが止めることはしなかった。いつもの気だるげな笑みでも浮かべて私の間抜けな肌色の背中を見送っていたのだろう。

我が家に車を走らせながら、私はカンナミ研究員が果たして、私の皮膚の上に残っているヌメリヒトモドキの微《かす》かな気配にも気付かずにいてくれただろうかと憂慮し、その不安は限りなく膨張していった。カンナミ研究員の私に対する敬意はいつの間にあのような思慕へと変貌《へんぼう》を遂げていたのだろう。これからは、努々《ゆめゆめ》注意しなければ。もし同じように彼女が私を求めたとして、それを退ける術《すべ》、意思、能力を持たないのならなおさら、今まで以上に私からヌメリヒトモドキの痕跡《こんせき》をすっかり消し去るための努力が必要だ。帰り道、私は貰《もら》ったネクタイとワイシャツを捨てた。

12

私のヌメリヒトモドキが二回目の融合欲求を示したのは、年を越してすぐだった。カンナミ研究員と初詣《はつもうで》に出かけて、夜遅くに家に帰るとヌメリヒトモドキが激しく浴室の戸を叩《たた》いていた。私は狂喜して戸を開けてやり、ヌメリヒトモドキを送り出した。私のヌメリヒトモドキは、間違いなく融合間隔の短い個体だ。そのことがわかって、私はその夜、生まれて初めて、家で一人、ビールを飲んだ。だって、祝わずにはいられないじゃないか。

前回と同じように東京湾へ迎えに行き、十五時間待って私のヌメリヒトモドキと再会すると、もう、間違いようもなくそれは妻だった。もちろん、イイジマ個体や彩本個体のように、本人の骨格やわずかな肌の凹凸さえも再現しているようなリアルさにはまだまだ遠かったが、しかし、妻を知る人が見ればそれは確かに彼女を模しているとわかるほどに、私のヌメリヒトモドキは進化していた。それはもう面影などという曖昧《あいまい》さではなく、出来の良い似顔絵並みに彼女の特徴をうまく捉《とら》えた造形だった。

私のヌメリヒトモドキは、私を見ると自分から近寄ってきた。主人の顔を覚えたらしい。妻の髪を与えると、身振りで示しただけで私の意図を理解し、進んで車のトランクに身を収めた。素晴らしい知能だ。彼女は、これからもっと人になる。これからもっと妻になる。

マンションに着いてトランクを開けた後も、彼女は私の示すまま忠実に我が家へと向かった。

悪夢から醒める日が来る。あのキッチンが、テレビが、時計が、空気が、妻の魂に伴って生を取り戻し、霞《かす》んだモノクロの光景が夏の花のように色を帯びる日が来る。その時、凍りついた私の現実は、愛する人の血潮のぬくさで、とろり、とろり、溶けていく。永久に続くと思われたまどろみが——カレンダーの黒を求めるぱさぱさの渇望が、きれいに取り払われ、「さみしい」以外のあらゆる確かさが、私の生を支えてくれる。私の肩に圧《お》し掛かる二人分の時間が再び等分されて、朝は短く、昼も短く、夜も短く縮んでいって、眠りだけは深く、長く、幸福に膨らんでいく。死んでいないからという理由ただそれだけのために生きている私は消え、生きることに対して能動的な私が新しく生まれる。

ただ一つ胸が痛かったのは、クローゼットの中にいる妻の影が少しずつ小さくなっていることだ。ぎゅっと抱きしめても、そこに妻の沈黙が——静寂で応《こた》えるおかえりが、聞こえないこともあった。しかし、現世に残った妻の影は、ヌメリヒトモドキの中に取り込まれ、再び人間の形を取り戻そうとしている。そう思えば、妻の形見がなくなっていくその喪失の悲しみも、いくらかは薄らいだ。

私のヌメリヒトモドキが女王との二回目の融合を果たしてから数日後、まだ夜の明けるまでしばらくかかる夜と朝との境、私はデジタルカメラを携えて車で海へ向かっていた。妻の好きだった光景を写真に収め、それを浴室に飾ってやろうと考えたからだ。思いついてしまうともう、すぐにでも実行せずにはいられなかった。しかし、やはり私のようなコンピューター人間が、プログラムにないことを実行するとろくなことにはならないようだった。時間が時間なだけに交通量も少ない道路、両脇には屹立《きつりつ》する高層ビル群。私の車のフロントガラスに、落下してきたヌメリヒトモドキが猛烈な勢いで衝突した。

私は驚いてブレーキを踏み込んだ。後ろに車はいなかったので、追突事故にはならずに済んだ。フロントガラスいっぱいに蜘蛛《くも》の巣に似たヒビが走っており、その向こうから、握りこぶし程はある眼球をしたヌメリヒトモドキがこちらを睨《にら》んでいた。

しばらく呆然《ぼうぜん》としていると、ヒビから粘液が染み出してきて、ハンドルを握る私の手の上に垂れた。その感触で我に返った私は、路肩に寄ってから車を降りた。すると巨大な眼球のその人型のヌメリヒトモドキは、何事もなかったように体をボンネットから落とし、そのままゆっくりと、遠ざかっていった。

見上げてもそいつがどこから落ちてきたかはわからなかった。ヌメリヒトモドキに視線を戻すと、腕が体を引きずるようにして、ずるずる、ずるずる、道路を横断している。その時、そいつのすぐ脇にある見通しの悪い交差点から大型トラックが出てきて、かなりのスピードでそいつの方に道を折れた。トラックの運転手はヌメリヒトモドキに気付かず、その太いタイヤでそいつを思いっきり踏み潰《つぶ》した。前輪で踏んで一度、すぐに後輪で踏んでもう一度、車体が揺れる。数メートル先で止まったトラックから運転手が慌てて顔を覗《のぞ》かせて、何を踏んだのかと後ろを確かめる。しかし、それがヌメリヒトモドキだとわかると、呆《あき》れたようなため息をついて、運転手は再びトラックを走らせた。

私の胸中を嵐のように吹き荒れる不吉な予感。あまりにも馬鹿馬鹿しいと、自分自身分かりきっているはずなのに、しかしはっきりと私は不安だった。自分をなだめて、冷静を強いて、私は保険会社と警察に電話した。そして、午前中だけ有給休暇を取らせてくれと会社に連絡する。諸事を終えてタクシーで家に帰った私は、ほとほと生きた心地もせず、自宅に飛び込んで浴室の扉を開いた。浴槽の中で丸まっていたヌメリヒトモドキの妻が驚いた表情で私を見る。私はどっと、血流に乗って安堵《あんど》が全身を温めるのを感じた。

ヌメリヒトモドキがビルから落ちて、私の車に衝突し、トラックに轢《ひ》かれたのを見て、そんなことはあり得ないし、仮にあり得たとしてもなんら問題はないはずなのに、ヌメリヒトモドキの妻が浴室から逃げ出して同じような目にあったら――よもや逃げ出さないとしても、浴室の中で何らかの重大な事故が起きていたら、と想像してしまって、私は巨大な不安に支配されたのだった。

どうしたというのだろう、まるでまともじゃない、そう私は思った。あろうことかヌメリヒトモドキの研究者である私が――ヌメリヒトモドキがどんなことをしても決して死なない、殺せないということを一番理解しているはずの私が、そんな非現実的なイメージに囚《とら》われて自制を失《な》くすなんて。しかし私は思い直した。いや、許そう、しょうがないじゃないか。これも妻への大きな想いのせいだ。それによって誰に迷惑をかけるわけでもない。このヌメリヒトモドキだけは特別なのだから。

私は目をつぶり、気持ちが落ち着くのを待ってから、ゴム手袋だけして、浴槽で丸まっている彼女に手を伸ばした。それを見て、彼女は首を傾げながらゆっくりと立ち上がった。私の顔と、自分に差し出された手をきょときょとと見比べて、同じく手を伸ばして私の指先に触れた。ゴム手袋の厚い弾力越しに、自分のではない圧力が私に触れて、私は、少し涙を流した。得たものを失う恐ろしさは、私をどこまでも臆病《おくびょう》にしていく。ゴム手袋の手で、私は彼女の頰を撫《な》でた。つるつると抵抗なく肌の上を滑る感触と、赤ん坊のように無垢《むく》で、異様に真剣な彼女の眼差《まなざ》しとの対比が、なんだかとてもおかしくて、そこには一言の言葉すらないのに私は慰められていった。

その日の午後、会社に行くと、皆の様子がおかしかった。元々物理的にも比喩《ひゆ》的にもじめじめとしていて断じて明るい職場ではなかったが、その日は特に、あらゆる陽気や楽観を抗《あらが》いようもなく冷暗所の深くに沈めてしまうような、研究所はそういう息苦しさで満ちていた。出社した私を見つけるとカンナミ研究員が静かに近付いてきて、私にそっとその原因を教えてくれた。

イイジマ研究員が死んだらしい。

私に驚きはなかった。しかし、ショックだった。いつ、どこで、どのように、どうして、など、彼の死についての詳細を私は敢《あ》えて聞かなかった。私の想像とそうは違わないだろう。問題は、その事実をイイジマ個体に伝えるか否か。

実はその時、カンナミ研究員による予定外の刺激があったことを逆手に取り、今後予定されているイイジマ個体への心理実験は全て今造られている別の人間近似個体で行うことにして、イイジマ個体は別の実験に用いようという意見がチーム内で多く上がっていた。その実験とは、イイジマ個体を徹底的に強いストレスに晒《さら》して、その防衛機制や精神疾患について検証しようというものだ。もしそれを実行するのだとすれば、本物の自分が死んだというのは良い刺激になるだろう。しかし、どんな結論が出たにせよ、その時のイイジマ個体は我々の話をまともに聞けるような状態にはなかった。

イイジマ個体が融合欲求を示しているとわかってから先、一日、一日、経るごとに一歩、一歩、イイジマ個体はゆっくりと地獄のような渇きの中に沈んでいった。前述のように初めイイジマ個体は融合欲求の渇きを軽んじていたのだが、融合欲求を抱いていることが判明してから二週間も経つと、めっきり無口になり、苛立《いらだ》ち、三週間後には震え、暴れて、それから三日後には我々に対する怒りも露《あらわ》に怒鳴り散らして、まともな会話ができなくなり、さらにその三日後には泣いて我々に許しを請うて、ケージから解放してくれと土下座した。

その日、イイジマ個体は死にたい死にたいと連呼し、意味のない叫び声を上げてケージの中を走り回り、内省報告を取るどころか、ただの一言言葉を交わすことすら困難だった。狂ったように見えたが、そうではなかった。一語、一語、根気良く、少しずつ、女王との融合を餌にしてなんとか会話をすると、イイジマ個体が変わらない知性と正常な認知機能を有していることがわかった。まともな精神状態で、しかしそのような行動をとらざるを得ないほどの渇きとはどんなものなのか、さすがの私やカンナミ研究員ですら、その時のイイジマ個体の様子の凄《すさ》まじさには背筋が寒くなった。

やはり、態度に出るほどには気分の落ち込みがあったのだろう。山崎さんに指摘されて私はそれを自覚した。部外者である山崎さんにイイジマ研究員の死については話せなかったが、いつも通りの浮薄さを演じる山崎さんと過ごす昼休みは、自分でもひどく驚いたのだが、私をとても落ち着かせた。内側に向かって小さく、小さく閉鎖された研究所の中の世界とは全く別の次元を生きる山崎さんの無知さが、私をまともな外の社会に繋《つな》ぎとめてくれているような気がした。

「最近どうですか、例の彼女とは。再会できたんですか」

私は適当に嘘をついた。再会はまだだが、連絡は取っているとかなんとか。

「主任さんはきっと、私とはまるで違う生き方ができる人なんですね。私はもう、女の味なんて忘れそうだ。そもそも家内以外の女をほとんど知らずに生きてきたから、どうすれば女に好かれるかなんてわかりませんよ。あいつと出会ったのがちょっと早過ぎました。思春期に、女を得ようと人並みに悩んで、努力していたら、今の状況もひょっとすると、少し違うものだったかもしれないなあ。それは、女のことばかりじゃなくて、もっと大きな、人間関係の話です。あいつがいれば他には何もいらないなんて青臭い馬鹿げたことを本気で考え、実行してしまった昔の若い私を、馬鹿野郎と罵《ののし》って張り倒したいですよ。そんな私に比べて、主任さんは人間に恵まれている。例の彼女のこともそうですが、主任さんが今までに出会った人々が、きっと主任さんを生かしてくれるはずです。主任さんが今までに他人に与えてきた色々が、巡り巡って主任さんを豊かにしてくれるはずです。私には運がなかった。父も母ももう死んで、親しい友人も皆亡くしました。本当の意味で独りきりになるにはきっと、私のような歳でもまだまるで早いんだろうけど、とにかく、私は運が悪かった。人付き合いが上手《うま》くないというのもまたいけない」

山崎さんの誤解は大きい。私が彼に与えるどんな印象がその誤解を生んでいるのかはわからないが実際、私は過去、別段他人に色々を与えてなどこなかった。私を生かすのはただ、妻一人だ。その妻にさえ私は何も与えてやれなかったというのに。

山崎さんは自分の理想を私の中に見ているだけだ。それは浮薄さの演出ではなく、本来なら聡明《そうめい》なはずの彼が本気でそう考えているのだろう。もしそうして私を間違って評価しているのがカンナミ研究員だったら、私はひどく不快に感じるはずだ。ところが山崎さんの場合、私は彼を不快には思わずに、なぜだかひどく哀れに感じた。彼を助けるために、私のことをもっとよく知ってもらいたいとまで一瞬考えたほどだ。しかし、彼はもしや私の中に見るその虚像によってこそ救われているのかもしれないなどと、私は自分にそう言い訳して、乾いた相槌《あいづち》だけを口にした。

二十三時、私はカンナミ研究員と再び一塊だった。その夜の彼女の言葉を敢えて斜に構えて読み取れば、その日私を招いたのはイイジマ研究員の死に傷ついた私を慰めるという趣旨のものであるらしかったのだが、しかしその実、彼女自身が自らを癒《いや》すために他人の熱を強く欲しているのは明らかだった。

気持ちは理解できる。イイジマ研究員とカンナミ研究員は特に親しいわけではなかったが、それでも身近な人間の死というのはどうしたって心を掻《か》き乱すものだし、加えて彼女は、イイジマ研究員の死に際して彼に対する強い罪悪感を自覚したようだった。カンナミ研究員の口からそう語られたわけではないが、泣きながらイイジマ研究員の人となりについて話す彼女の悲しみに満ちた言葉達は嘘で、その涙だけが真実だった。彼女は自分自身を責める自分の言葉に傷つけられたのだろう。イイジマ研究員の死を悼んだわけではない。

しかし、彼女の自責は決して妥当ではなかった。彼女が知らず知らずに蓄積していた罪悪感は恐らく、元を辿《たど》れば、彼女のイイジマ個体に対する態度から生まれたものだからだ。彼女はイイジマ個体に抱いていた嫌悪感や、イイジマ個体に与えた苦しみを、イイジマ研究員に対して犯した自らの罪だと無意識のうちに誤解している。彼女の無意識はイイジマ個体とイイジマ研究員とを完全に別の存在として認識できていない。彼女にはイイジマ個体が持つ自分への恨みや復讐《ふくしゅう》心が、イイジマ研究員から向けられたものだと感じられているに違いない。それ故の、見当違いな、罪悪感だ。

加えてタイミングも悪かった。イイジマ研究員の死が、死にたい死にたいなどと喚《わめ》くイイジマ個体の狂乱と暗喩《あんゆ》的に繋がってしまったのだろう。カンナミ研究員は自分がイイジマ個体の苦しみを造り出した重要な要素の一つであると考えているから、イイジマ研究員の死の原因もまた、自分に責任があるのではないかと感じている。

カンナミ研究員の自宅、その一室、一つのベッド、私の裸の胸で泣くカンナミ研究員に、私はその自覚を促した。イイジマ研究員の死に感じる痛みは虚像で、その正体は抱くべきでない間違った罪悪感なのだということ。イイジマ個体の苦しみは融合欲求によるものであって、それとカンナミ研究員がイイジマ個体に放った言葉とは何の関係もないということ。イイジマ個体とイイジマ研究員はまるっきり別の存在だから、イイジマ個体が我々に抱いている憎しみはイイジマ研究員のものでは決してないということ。

罪悪感の存在はともかく、後者二つについては彼女も理屈としてそれらを理解はしているだろう。しかしたとえわかりきったことであっても、その認識が自分を慰めるものであるのなら、それを他人から言葉にして言ってもらうということがこういう場合、実に効果的に心を癒してくれることを私は妻との付き合いの中で学習していた。

私の言葉によってカンナミ研究員の泣き声は高くなった。傷つけてしまっただろうか。少なくとも全くの見当違いではなかったようだ。その涙は生産的な部類の涙だろうか。彼女の心が救われることを願うが、それが私の言葉によって成されたとしたら、彼女は今までにも増してイイジマ個体を嫌うことになるだろう。イイジマ個体のことを、イイジマ研究員に化けた悪魔、とでも考えるかもしれない。まあ、どうでもいいことだけれど。憎まれて然《しか》るべき命だ、ヌメリヒトモドキは。もっとも、私はもう、憎みきれなくなってはいる。

13

後日、修理に出されていた車が戻ってきて、私はヌメリヒトモドキの妻のために、改めて海の写真を撮りに行った。妻は海が好きだった。船が好きだったし、港が好きだった。

魚が好きだから水族館も好きで、だから海が大好きだった。夜、海の向こうの街明かりや湾の上を走る高速道路を見て、妻はいつまでもぼうっとしていた。何を考えているのか問うと、決まって味わっているだけだと言う。

海は、彼女の心を遠くの国へ飛ばした。海を見ている時の彼女はそこにいなかった。無限の想像力で彼女は、海風を食し、風船のように膨らんで、ふわふわと空を行き、そこにはいなかった。彼女は祖父の家があるボストンにいて、憧《あこが》れの海があるというニューカレドニアにいて、あの荘厳の中で眠りたいと空想するヴァチカンにいて、イヴァン・アイヴァゾフスキーの「第九の波濤《はとう》」があるサンクトペテルブルクにいた。

いつか世界一周旅行しようねと彼女はよく夢を語った。もちろん私にそんな夢はなく、日本一周だって怖くて行けやしないだろうが、ただ、彼女と一緒にいる時だけ私は、彼女と共に冒険家で、彼女と共に開拓者だった。彼女は結局、夢を叶《かな》えずに死んでしまったが――いや、やめよう。神は今、挽回《ばんかい》のチャンスを手にしている。もう神を責めることはしないでおこう。

彼女は度々、海の色について話した。海といったら青だ。そんな私の考えを、彼女は否定した。ただ無言に広がる明かりのない黒、からから夕陽を反射して光る金色、雲のない空を映した深い青、雪の日の冷たい鉄色。初めてその話を聞かされた時、彼女があんまり真面目な顔でそんなまるで詩のようなことを言うものだから私は笑った。彼女はなぜ笑われているのか理解できずにきょとんとして、やがてなんだか私もなんで彼女を笑ったのかわからなくなった。そしたら今度は彼女が笑った。

私は撮ってきた海の写真を、濡《ぬ》れても大丈夫なように加工して浴室に飾った。ヌメリヒトモドキの妻は、それを見て強い反応を示した。ぺたぺたと手を打ち鳴らし、すんすん、写真の匂いを嗅《か》ぎ回る。そして、私が全ての写真を貼り終えて、妻が話した海の話と世界一周の夢について教えると、次の瞬間、彼女は初めて、声を発した。それは言葉ではなく、喃語《なんご》のように意味のない呻《うめ》きであったが、確かに彼女は声を発した。こぽん、泡が弾《はじ》ける音がその声を震わせていたが、それは妻の声だった。

そこに妻がいることを強烈に実感して、私は思わず彼女の頭を撫《な》でた。ゴム手袋の感触を不快に感じたのか、彼女は写真から目を離さず、緩やかに頭を振って私の手を避けた。いつもなら私の目を見て話を聞いているヌメリヒトモドキの妻は、目新しい海の写真に心奪われ、私の言葉にも振り返らなかった。私は一つ一つ、写真の海がどこなのかを説明し、その海で妻と私がどう過ごしたのかを教えた。

妻と過ごした海の記憶を掘り下げていくうちに私は、ヌメリヒトモドキの妻にウミウシの写真を見せてやろうと思い立った。私がそれを彼女に言うと、彼女は、そこで海の写真から目を離して私を振り返り、そして、私の手を、ゴム手袋に覆われている私の手を、きつく、きゅっと握ったのだった。

否定しようもなく、ヌメリヒトモドキの皮膚の下には妻の魂が詰まっていた。私が手を握り返すと、応《こた》えるように彼女も手を握った。もう一度握ると、彼女ももう一度。それは物珍しいものを見る時の観察眼としての眼差《まなざ》しか、それとも不完全な記憶から私のことを呼び起こそうとしている眼差しか、彼女は私の顔をまじまじと見つめ、私の柔《やわ》い圧力に何度でも応えた。何度でも、何度でも彼女は私の手を握った。

ヌメリヒトモドキの妻は、既に妻の記憶の片鱗《へんりん》を得ているのだろうか、その頃、浴室で私がゴーグルとマスクを外して素顔を晒《さら》すと、彼女は不器用に微笑んではしゃいだ。時にはまた、私の顔を見て声を発することもあった。私はそれが嬉《うれ》しくて、浴室へ入る時、顔を保護しないようになっていった。その頃にはもう完全に臭いには慣れてしまって、外から家に帰った時以外は気にもならなかった。そのおかげだろうか。研究所でケージ清掃の当番になっても、私は精神安定剤を必要としなくなっていた。いきつけのクリニックにもしばらく顔を見せていない。私の魂もまた、順調に蘇生《そせい》を始めていた。

気にならないといえば、妻の影を削り取る行為にも胸を傷めなくなった。妻の沈黙が必要なくなったからだ。声を発する妻が、私にはいるからだ。不死身の、決して失われることのない妻が。まだ完成されてはいないが、彼女が人になる日も遠くない。だから妻の影は種子としての役割を得た。ヌメリヒトモドキという苗床で、妻の心を芽吹く種子。裸のまま妻の髪を腕で包むと、その時、私はかつてのように妻のおかえりを聞かなかった。おかえりを言うのは、私の番だ。きっと、もう一度妻に会えるから、その時は、再会へのありがとうを込めて、無限におかえりを言い続けたい。

二月中頃、やっとイイジマ個体は女王との融合が許され、一度、ケージから解放されることになる。

「あんな凶悪な快楽を味わったことは今までありませんでした。女王の中で僕は全能だった。体がどろどろに消えて、深い眠りの中にいるように癒され、しかし思考は鮮明で、普段考え付かないようなことを次々に思いつくんです。女王から出た途端、夢から醒めるようにそれらは僕の中から消えてしまいましたが、確かにあの中で僕は、人智を超えた知を得ていた。眠りの中のよう、と言いましたが、それと同時に体がばらばらになるほどの鋭い快感が僕を焼いていました。矛盾ではありません。そこでは同時にそれらがあり得たのです。全てがゼロになる休息の充足と、空っぽを混沌《こんとん》に変えるような大容量の愉悦とが、同じ時同じ場所、僕の中で混在し、非現実的な快楽を生んでいたのです。いや、もうやめましょう。内省報告なんて無意味です。言葉なんて無意味です。人間の作った言語であの感覚を言い表すことができるはずもありません。僕が今言った言葉では、融合の感覚、そのほんの億分の一も表現できてはいないでしょう。あれは女王の愛です。ヌメリヒトモドキという無数の端末に対しての、無償の愛です。僕はあの中で、何よりも確からしく神の存在を感じました。自分が疑いようもない絶対の愛を享受していて、そのことだけで僕は、他の誰とも同じく、この世界でただ唯一特別なのだということを自覚しました。矛盾ではありません。矛盾ではないのです。誰もが同様に、神の愛の下では唯一なのです。ヌメリヒトモドキとしての記憶の中に女王との融合についても刻まれていましたが、ヌメリヒトモドキとして女王と融合するのと、人の精神を持って融合するのとではまるで違う。最悪おぼろげながらも、しかし確実に、人間は皆、神の存在について考察した経験を持っているでしょう。そうした人としての精神を持ったまま、女王との融合を経験したのなら、誰しもが、いいですか、例外なく誰しもが、否応《いやおう》なく自分は巨大な何かに生かされていることを悟るでしょう。皆があの女王の中で、自分の中にある神の表象に一致するものの存在を確信することになります」

イイジマ個体が落ち着きを取り戻し、融合経験を語ったそんな言葉は、チームメンバーの誰しもを困惑させた。女王について神などという言葉を交えて熱っぽく語るイイジマ個体の様子が、イイジマ研究員に対して抱いていたイメージのどれともかけ離れていたからだ。

やはり、それが果たして我々の知らないイイジマ研究員の一面が顕現しただけなのか、ヌメリヒトモドキとして女王と融合したことによってイイジマ研究員の心が変化したのかはわからなかった。恐らく、イイジマ個体が言う神と女王とは同義だろう。イイジマ個体の中には相変わらず、自らをヌメリヒトモドキとして認めたくないという心理があるから、ヌメリヒトモドキにとって女王という存在の持つ意味を、神という言葉で言い表したに違いない。

イイジマ個体はそれから不自然なほど協力的になった。イイジマ研究員の家族についてまで言及したカンナミ研究員の脅しにより協力的だった融合以前と比べて、その頃のイイジマ個体は従順に加えて卑屈ですらあった。どんなに我々を憎もうと、融合を妨げられることを考えれば、その言葉にも従わざるを得ない。我々に対する憎しみは一連の苦しみを経て恐れへと変わり、イイジマ個体は再び融合を妨げられるのを避けるためなら、我々に媚《こ》びることすら厭《いと》わないようになっていた。それほど強く、女王を求める渇きはヌメリヒトモドキを蝕《むしば》むのだろう。融合直前のイイジマ個体の様子を見ればそれも十分に納得できた。

実はイイジマ個体の融合を必要以上に阻止したのは、カンナミ研究員の意見を取り入れた結果によるもの、つまり、苦痛を用いて実験への協力を促すという意図があってのことだったので、イイジマ個体の怯《おび》えは我々チームの計画通りではあった。まあ、イイジマ個体に次の融合は許されていないのだけれど。

次にイイジマ個体が融合欲求を示したら、彼に関する全ての実験は一度凍結され、新しい別の実験が実施される。人間の心はヌメリヒトモドキとしての生理的欲求の渇きにどれだけ耐えられるかという実験だ。それによってヌメリヒトモドキに宿った人間の精神は、その肉体と同じように何があっても破壊されることはないのだろうかという疑問が出るだろう。そして、イイジマ個体にとっては不幸なことに、あれが次の融合欲求を示したのはそれからわずか二十日後のことだった。

カンナミ研究員が私を誘う頻度は、クリスマスを境に高くなり、イイジマ研究員の死を知った夜からはさらに高くなった。週末に出掛けようと声を掛けてくることも多かったし、彼女の家にも度々招待された。ヌメリヒトモドキの妻との時間が削られるのは苦痛だったが、やはり断ることはできずに、削られたヌメリヒトモドキの妻との時間に反してカンナミ研究員と過ごす時間は膨らんでいった。

その中で、彼女はあまり私のことを知ろうとはしなかった。それよりも彼女は、私に彼女自身を知ってもらう試みに執心しているようだった。メンタルな側面でも、フィジカルな側面でも。私との付き合いの中で、カンナミ研究員は自分のことについて色々なことを、深々と、くり返し、教えてくれた。私はその内容をよく覚えてはいないし、日記にもその記述が見当たらないので、たとえ必要であったとしてもそれをここに書くことはできないのだが、まあ、日記に書いていないくらいなのだからたいした話でなかったに違いない。

そうして五月のことだ。私の、ヌメリヒトモドキの妻は、三度目の融合を無事、果たすことができた。彼女はさらに妻の外見を手に入れ、高い知能を手に入れた。

同じく海岸で新しい彼女を迎えた私に、彼女は、満面の笑みで走り寄ってきた。周りのヌメリヒトモドキが、人の形をしているのにしっかり真っ直ぐ立つこともできずに、這《は》いつくばったり、ひどく背を丸めて歩いたりしている中、彼女一人だけがしゃんと直立してしなやかに歩くのを見て、私は感涙した。そんな彼女が神々しくすら見えた。他のどのヌメリヒトモドキよりも高潔なその姿からは、人間と同じ尊厳が滲《にじ》み出ていた。彼女はもう、モドキタタキで追い立てられ、美観を損ねると疎まれ、最低に愚かしいと軽んじられ、神の失敗作と蔑《さげす》まれるような、他のヌメリヒトモドキとは決定的に異なっていた。成長した、進化した、昇華した。一つ上の次元の命として生まれ変わった。

私はその時初めて、彼女に素手で触れた。心から褒めてやりたかった。よくがんばったと言って、どうしても、触れてやりたかった。両手を頰に当てて、指先で耳に触れながら、その手を後頭部へ回し、そして頭全体を包み込むようにしてくちゃくちゃと撫《な》でてやった。

ヌメリヒトモドキの表皮を覆いつくしている何十年も放置した水垢《あか》のようなぬるつきと巨大な痰《たん》に似た塊が、手を動かすのに合わせて私の指の股《また》のところに溜《た》まっていって、溢《あふ》れたそれらは手の甲を伝い、ゆっくり、そっと、重力に抵抗しながら、静かに手首へ到達すると、やがて袖《そで》口から服の中へ姿を消した。服の中でひんやりとした細い指が腕を這っているような感覚がして、微《かす》かな痒《かゆ》みを覚えた。敏感な手の平を犯す粘液の不快で汚らしいその感触ですら、彼女に対する大きな賞賛の気持ちによって希釈され、脆弱《ぜいじゃく》な私の精神をも蝕みはしなかった。

決して完全な人間には成り得ないが、それでも彼女はこうして全てのヌメリヒトモドキの頂点に立って然《しか》るべき崇高さを手に入れた。彼女のその崇高さは、彼女が根本的にヌメリヒトモドキである以上、どれだけ高い知能を得、どれだけ人に近い体を得ても、全ての人間の底辺に位置してそこを脱することはないだろうが、それなのに彼女は人間に近付こうとしている。それがいじらしく、愛《いと》しかった。

私の手に表皮の粘液を掻《か》き混ぜられて彼女は、妻の笑顔で笑って、妻の声で鳴いて、妻の眼で私を見上げ、すんすん、私の腕の匂いを嗅《か》いで、なにやらこくっと一度頷《うなず》いた。その仕草の愛らしさに、私は思わず、小さな声を上げて笑った。それはささやかだったが、確かに笑い声だった。妻が死んでからその瞬間までずっと、忘却の淵《ふち》で錆《さ》びかけていたその声を聞いて、私自身、自分にまだその機能が残っていたことに驚いた。そして、泣きながら笑うという器用さを自分が持っていたことにも、私は驚いた。

その時もまた、そして家に帰ってからもずっと、その日は涙が止まらなかった。ころころと頬を落ちる水滴と、恐らくはよっぽど間の抜けているであろう私の表情とを、彼女は海の写真を見るように、じっと、見つめ続けていた。

一体何百万年前に人が他人の死を悲しむことのできる知能を獲得したのかはわからない

が、それから今までの間に気の遠くなるような死が積み重なって、幾度となく喪失の悲しみがくり返されてきた。そして多くの人が、そういった喪失を乗り越えて自らの人生を行く中で、私はどうしても皆と同じように生きることができない。

恐らく間違っていることではあるのだろう、私のしていることは。どの宗教家も、どの法律家も、どの科学者も、どの医者も、口を揃えて言うはずだ。お前のしていることは冒《ぼう》瀆《とく》だ、と。私は甘んじてその批判を受け入れ、しかしなお、妻の蘇《そ》生《せい》に尽力する他ない。どんな訓《おし》えも戒めも、私の熱情の前では意味をなくす。それは決して誇れることではない、言わずもがな。いわばこの場合も、私は全自動でそれをしている。妻が死んだ、だから悲しみに暮れた、それと同じように自然と、妻に再び会える方法を見つけたから、当然のように私はそれを行っている。そこにはいかなる哲学も信念も存在しない。考えることを放棄している。恥ずべきことだ。身勝手で、感情的で、モラルに欠け、恐らく残酷だ。私は深く自己嫌悪するが、しかし行いの何一つをも改めはしない。私のヌメリヒトモドキを妻として完成させるまでは、地球上に存在するどんな正義も私の目にはモノクロに映る――。

その日その時頭蓋《ずがい》で渦巻いていたそうした思案が、私の中にわずか残った倫理による最後の抵抗だった。ここから先、私はヌメリヒトモドキに妻の命を宿らせるという試みについて、結果が示されるまでその是非を振り返るようなことは一切、しなかった。

14

梅雨が明けて、妻の命日を迎え、彼女が死んでから三年が経った。イイジマ個体が二度目の融合欲求を示し始めてから四ヵ月近く経ち、あれはまた、意味を成さない叫びを上げ、我々に対する恨み言を口走り、涙ながらに死か融合を懇願し、一秒でもじっとしていられずにケージの中を暴れまわっていた。

そして妻の命日からちょうど一週間後、夜中、カンナミ研究員の家で彼女と互いに動物の部分を曝《さら》し合って、それから彼女は、今更ですが、という前置きの後で私への恋情を打ち明けた。それに対してなんと言って答えたか日記にはないが、それを境に私とカンナミ研究員との関係が、私にとって意味深く変化することもなかった。変わらず共有する時間の長さは彼女のさじ加減だったし、彼女の気分次第で一緒に夜を越すこともあった。彼女が私を特別に慕っているということが明言されたからといって、私に彼女との時間を縮小させるために必要なスキルが――自分の思考を正しい言葉に成型して正しいタイミングで人に伝える能力が、備わるわけではないのだから。私は相変わらずヌメリヒトモドキの妻を想いながら、しかし、気だるげに微笑んだカンナミ研究員に手を引かれるまま、多くの時間を彼女のために費やしていた。

夏になって八月、少し問題が発生する。暑い盛り、ヌメリヒトモドキの妻の粘液が熱で臭いを増し、その上少しでも放っておくと腐って凄《すさ》まじい腐敗臭を放つようになった。もし家の外へそれが漏れ出て近隣住人にでも気付かれれば言い逃れのしようがない。浴室は密閉してあるからそうそうそんな事態にもならないだろうが、しかし夏のヌメリヒトモドキが纏《まと》う臭気の凶悪さは、ヌメリ臭に対する強い耐性を獲得したさすがの私でも深く吸い込むことがためらわれるほどだった。マンションの一室で腐乱した人間の死体を発見したのは、異臭に気付いた近隣住人だったなんてニュースを昔聞いたことがある。人間の死体が腐るとどれほどの臭いを発するのか想像もできなかったが、夏場に腐ったヌメリヒトモドキの粘液も負けていないだろう。

私は毎日の徹底的な浴室清掃を余儀なくされた。それも妻のためと考えれば苦痛ではなかったのだが、浴室を汚す粘液をすっかりきれいにしてしまうには、下手をすれば四時間は掛かる。カンナミ研究員との時間があり、会社がある今の生活の中でそれほどの時間を確保するのは実に困難だった。しかし睡眠時間を削り、掃除と妻について話すのを同時にこなせば、まあ、物理的に無理なことはない。

「やっぱり、一緒に住みましょうよ、楽しそうじゃない？　私、かなり料理うまいですよ」

会社終わりで、そこはカンナミ研究員とよく行くチェーン店の居酒屋だった。かぱかぱとあっという間にビールジョッキを六杯空けて、カンナミ研究員は普段にも増して蕩《とろ》けたような目でふにゃふにゃそう言った。

彼女は大して強くもないのにお酒が好きだった。私が飲みすぎないようにと止めても、酔いやすいけど醒《さ》めやすいから大丈夫ですと屁理屈《へりくつ》を捏《こ》ねて聞かなかった。しかし言葉に反して大丈夫じゃないことも度々で、カンナミ研究員と二人で飲みに行くと四回に一回くらいの割合で彼女は酔い潰《つぶ》れ、それを私が介抱して家まで送り届ける羽目になる。そして去年のクリスマス以降は、その後必ず彼女の部屋の暗がりで二人、どろどろに混じり合うことになる。

「会社が終わったら毎日二人、同じ帰り道を通って、同じ場所でただいまを言うんですよ。それで、たまには二人でこうやって寄り道してから帰るんです。なんだか、そういうのって憧《あこが》れませんか、そういう社内恋愛。それに、私ねえ、私、実は料理もかなりうまいんですよ、ほんと」

今日は帰れないだろうと私は覚悟した。どう楽観的に捉《とら》えても潰れるパターンだ。ヌメリヒトモドキの妻が、一人シャワーと戯れたり、自分の粘液を弄《もてあそ》んだり、海の写真を眺めたりしている姿が浮かんで、どうしてお互いに求め合っているのに離れてなきゃならないんだと腹立たしく思った。誰のせいでもない。大河に浮かぶ木の葉か嵐の中の羽根のように流されやすく臆病《おくびょう》な私のこの性格のせいだ。

「奥さんはどうだったんですか？　料理、お上手だったんですか？」

不意打ち、奇襲、かっと速度を上げる血流、じんと背中に染みる汗。カンナミ研究員は時折、前兆もなくいきなりそうして、私のひりついた粘膜に乾いた素手で触れてきた。

妻は料理がうまくなかった。いや、私は特にそうは思わなかった。しかし本人はそれをひどく気にしていた。食べること自体は人一倍好きなのに、作るのはあまり得意じゃない、と彼女はしゅんとして言う。そんな妻の料理を私はそれなりにおいしく食べていたので彼女のその悩みをどうとも思ってはいなかったのだが、妻自身が自分の料理の出来にひどく苛立《いらだ》ち、そうすると私がそれをおいしいと言って食べるのが白々しく思えたらしく、それで喧嘩《けんか》をすることがあった。

彼女は私を嘘つきと罵《ののし》り、嘘なんてついていないと言っても信じなかったし、かといって謝ると余計に怒った。そうして自己嫌悪で泣き出す。似合わない泣き顔で私に謝る。料理もできないダメな女だと、つまらないことで私に八つ当たりしてしまったと、そして泣くつもりはないのに、困らせるつもりはないのに、子どものように涙が止まらないと、一通り謝って、私の腹に顔を埋《うず》める。荒れる感情に熱せられた吐息で服が湿って、重ねて涙がそこを濡《ぬ》らした。

彼女が落ち着いて顔を離すと、ひんやり服が冷たくなった。そして腹の部分に涙の跡が残る。私がそれを見ていると、隠しているつもりなのか、彼女は目を伏せたままで、涙の跡に手を重ねる。そうして私が、今一度嘘なんてついていないと伝えると、彼女は首を横に振りながらも納得してくれる。そんなお決まりの、しかし至って真剣なやりとり。

自分を過剰に買い被《かぶ》らず、しかし微塵《みじん》も卑下しない彼女が、そうして自分自身を必要以上に悪く言って弱気になるのは新鮮だった。悲しくて泣いている本人には悪いが、彼女は私がいなくても一人で完成された女性だったので、彼女の完成されていない部分が——私が彼女を助けることのできる余地としての心の柔《やわ》い部分が、そんなふうにして露呈すると、彼女の八つ当たりも、私を頼ってくれているからなのだと感じられてとても嬉《うれ》しかった。

「へえ、お料理できなかったなんて、なんだか意外ですね。奥さん、何でもこなせる完璧《かんぺき》な人かと私、思っていました。なんだか比べられるのが怖くて、今まで手料理振舞えなかったんです。それじゃあ、心置きなくご馳走《ちそう》しますね、今度、私の手料理」

知らないのも当然だろう。カンナミ研究員が妻について知らないのは、もう全く当然だ。それなのに、彼女は妻について何も知らないのに、本当にほんの一抹だが、彼女の言葉に失望したような響きが感じられて、ふわりと、私は気に障った。

そういえば何が好きなんでしたっけ、とカンナミ研究員に問われて、彼女があまりに自信満々なものだから不安になった私は、咄嗟《とっさ》に嘘をついた。本当に好きなものはカンナミ研究員に答えたものとは別にあったが、妻が作ったものよりおいしいそれを、私は食べたくなかった。カンナミ研究員は私の嘘の好物について、それ一番の得意料理なんです、とはしゃぎ始め、運命だ奇跡だと、形骸《けいがい》化した愛の代用言語を並べ立てた。

数時間後、私の予想に反して彼女はすっきりと酔いも醒めたようで、一方私の予想通り、その時の私達は彼女の部屋の中、暗喩《あんゆ》的な意味で寝ていた。次の日会社は休みだったが、それでも、朝早くに目を覚まして家に帰りたかった。一刻も早くヌメリヒトモドキの妻に会いたかった。


毎日の浴室清掃による苦労のせいでもあったろう。その八月、記録的な酷暑の気温に比例するようにして、私の中の妻を求める磁力は、ぶくぶくと狂おしく強力になっていった。人間、動機が行動に繋《つな》がることはもちろん、義務的な行動に後付けで能動的な動機が生まれることもある。彼女のためにこんなにも尽くしているんだから俺は彼女を愛しているのだろう、などという思い込みだ。たとえその献身が避けようのない責任から生じたものだとしても、事実、それを体現することであたかもそれが自らの意志であるかのように感じられる。

ある種の人間の心は執拗《しつよう》に、自分が義務よりも権利で動いていると思い込みたがるものだ。私がそうしたある種の人間であるかどうかはわからないが、元々真に妻のためという動機付けの働きもあってその清掃生活を営み始めた私には、暑く、臭く、時間に追われる厳しいその夏の日の日常が、そっくりそのまま妻への愛情の顕現であるように思えたので、浴室が汚れていれば汚れているほど――臭いが酷《ひど》ければ酷いほど――気温が高ければ高いほど――そう、不快であれば不快であるほど、私は無償で愛へ隷属する恍惚《こうこつ》に脳みそが蕩けるのを感じた。

私のそんな想いに呼応したのか、その月、ヌメリヒトモドキの妻は四度目の融合欲求を示した。その日は素晴らしい快晴で、気温もべらぼうに高く、彼女が家を発《た》ったのも初めて真っ昼間だったので、極悪な日差しに晒《さら》される彼女を私は強く心配した。もちろん、その心配がまるで意味を成さないことはわかっていた。ヌメリヒトモドキは火で炙《あぶ》ったって火傷《やけど》一つ負わないし、砂漠に放置したって水を求めない。それでも私のヌメリヒトモドキだけは、彼女がもうあまりにも妻に近かったから、どうしても人のように扱ってしまう。

四度目の融合によって彼女は言葉を得た。流暢《りゅうちょう》に日本語が話せるわけではまるでなかったのだが、今まで喃語《なんご》のような声かごぼごぼという水音しか発さなかったところ、まだまだ拙《つたな》いが彼女は単語を発音することができるようになった。

融合から約三十時間、明け方に女王から出てきた彼女は、ああな、ああな、と私を呼んだ。あなた、と、そう言っているのだろう。年甲斐《としがい》もなく、私はまたもや涙した。彼女は私の素手を取り、その感触を確かめるようにぎゅっと摑《つか》んだ。そして、ああな、ああなと繰り返す。

色とヌメリと激臭はどうしたってヌメリヒトモドキのままだが、四度目の融合を果たして彼女は、さらに妻らしく変わっていた。しかし彼女は質の低い蠟《ろう》人形さながら、本物の妻に比べるとなんだかつるつるとして、まるで大人になるまで胎内で育った赤ん坊のようにも見えた。形も整っていて質感も真新しく、そのせいでどことなく人間離れした印象を与えたが、まあ、それも、彼女の様相がいよいよ人間と同じになったからこその感覚に違いない。きっと、身体的特徴の誇張された似顔絵よりも、CGでリアルに描かれた人間の方が、どこか強い違和感を覚えさせるのと同じようなものだろう。

私は彼女を家に連れて帰り、そして浴室で、何時間もかけて、そっと、そっと、その頭を素手で撫《な》でてやった。粘液でしとどに濡れた色の薄い髪が指に絡まり、それは妻が私の手を握ってくれていることの比喩《ひゆ》にも感じられた。

ある日、私は妻のために三匹の金魚を買ってきた。生前妻が飼っていたのと同じ種類の金魚だ。エアポンプやらろ過器やらその他必要な器具は揃っていたので、妻が昔やっていたように飼育水を作るところから始めてちゃんと飼おうかとも思ったが、金魚を置く予定の浴室が今のように密閉したままでは使える電源がないし、水槽じゃなく金魚鉢でないと置くスペースも足りないし、そもそもさすがにそれらを管理する時間までは物理的に取れないと考えて、金魚にはかわいそうだったが諦《あきら》めた。とりあえず曝気《ばっき》でカルキの除去をした水と砂利を金魚鉢に入れ、金魚の入った袋と金魚鉢の水の温度を合わせて金魚をその中へ放し、浴室にこしらえた棚へ置いた。

ヌメリヒトモドキの妻は、いんよ、いんよ、と言って金魚鉢を指差してはしゃいだ。私の手を摑み、私の目を見て、ああな、いんよ、そう言ってまた金魚鉢に振り向く。彼女の高純度な喜びが、彼女の穢《けが》れなき好奇心が、ヌメリ臭にのって私の鼻腔《びこう》から頭蓋《ずがい》へ浸透し、アルコールのように私の冷めた部分をふわふわと温め、硬い部分をゆるゆると柔らげ、私は、目の前の彼女に近似して子どもになっていく。彼女とのその時間は何よりも楽しく、そして懐かしい豊かさで溢《あふ》れていた。

私が彼女に金魚へ餌をやるところを見せてやると、彼女もそれをやりたがった。私の真似をして細かい餌を摘《つま》み、水槽の上に持っていって指を放す。しかし粘液でくっついた餌は彼女の指を離れなかった。それを見た彼女は手を振るが、粘液と一緒に飛び散った餌はほとんど水槽の中に入らず、運良く着水した餌にも、それを包む粘液のせいで金魚は見向きもしなかった。彼女が首を傾げる。

私がたまらず笑い出すと、彼女はなぜ笑われているのか理解できずにきょとんとして、その顔はあまりにも妻の顔で、妻が初めて海の色について話してくれた時のことを思い出して、彼女の香りを呼吸する私はまだ無垢《むく》な子どものままで、そうして私は彼女にキスをした。

生魚の鱗《うろこ》を口と鼻いっぱいに含んだように香る。粘液に舌を当て、閉じられた唇の隙間を探し出してそこへ侵入する。私の頭に押されて後ろへふらついた彼女の体を抱き寄せ、その後頭部を摑み、私は、彼女を力任せに私へ押し付けた。カッパの隙間から粘液が入り込んで服を汚し、垂れた粘液がゴム長靴の中へ落ちて、凄惨《せいさん》な湿気と高温で汗だくだった私には、それらがひんやりと心地よかった。彼女の髪を搔《か》き分けて頭皮をまさぐる掌《てのひら》も、彼女の背中を回って私へその体を縛り付けている腕も、彼女の纏《まと》うぬるつきに包まれて涼しかった。

彼女の中にある私の舌を伝って粘液が口腔に流れ込んでくると、嘔吐《おうと》中枢が爆発し、ぶるぶると胃が震えて、抗《あらが》いようもなく私は吐いた。逆流した私の中身は、口から鼻から溢れ出したが、それでも私は彼女を貪《むさぼ》るのをやめなかった。彼女と私の境目で二人の体液が混ぜこぜになって落ちる。私の頭は灼熱《しゃくねつ》に塞《ふさ》がれていたが、隅っこのわずかな隙間に身を潜める冷静な私が、彼女と私を俯瞰《ふかん》して驚愕《きょうがく》していた。妻が死んでいる間に私の中で育った妻への慕情は、私自身をどこまで人間らしからぬ場所へと導くのか。

体感的に五十秒後、しかし実際それは五分後だった。陰に隠れていた冷静さが私の意識を隅々まで満たして、私はやっと彼女の唇から離れた。それを惜しむように二つの体の間で、無数の糸が二人を結びつけていた。彼女は変わらずきょとんとした表情で私を見つめ、自分の唇を指でなぞっていた。

困ったのはその後だ。ヌメリヒトモドキの粘液をかぶった体では銭湯に行くこともできない。私は裸になって、浴室を掃除しながら自分の体も洗った。しかし同じ浴室にヌメリヒトモドキの妻もいるわけで、そもそも浴室もそうなのだが、いくら洗ってもそのそばから彼女が私の体に触れるのでまるで切りがなかった。

なんとか目立つ塊だけは皮膚から剝《は》がして浴室を出ると、何本もタオルを使って体を擦《こす》り、いらない服を着て、しつこくしつこく歯を磨いてから銭湯へ行った。道すがらすれ違う人達が顔をしかめて私を振り返り、銭湯でもあからさまに皆私を避けた。一回り皮膚が薄くなったんじゃないかと感じられるほどに私は何度もくり返し体を洗い、ぬるつきを完全に落とし切ってから銭湯を出た。しかし、ヌメリ臭は自分でもそれとわかるほど濃く体に染み付いたまま、石鹼《せっけん》もその臭いを上書きしてはくれなかったし、口の中に残る生臭さは、帰ってから家で飲んだブラックコーヒーの味をもヌメリヒトモドキのそれに変えた。

その日、私はすっかり消耗し、疲れ果てて、食欲が湧こうはずもなく、しかし、私の血管を流れて全身に沁《し》みるそれは確かに悦《よろこ》びだった。

細胞一つ一つを生き生き潤すこの悦びが体に巡る今ならば、最後まで耐えられる、全て語りきれると私は考えて、すぐにでも布団に潜り込んで眠ってしまいたい欲望を掃《はら》い、ヌメリヒトモドキの妻に、悲しい話をした。ずっと口に出すのをためらっていた、とても悲しい話だ。同じ話をここに記そう。

妻と私には子どもができなかった。彼女は子どもを望んでいたので、様々、新たな命を授かるために努力したが、ついぞ、彼女の子宮は空っぽのまま誰を育《はぐく》みもしなかった。医療も祈りも愛も、ゆりかごの空虚を埋めてはくれなかった。彼女はそのことについて、子どものために費やすはずだった時間とお金を、二人のために使うよう神様が計らってくれたのだと言った。

「子に愛を分けて未来を育むよりも、私達の生はきっと、二人だけの愛を享受して人生を楽しむようにできているのね。子どもがいたらできないようなことを、私達はたくさんしなくちゃならないよ。色んな景色を見に行こうね。色んな国へ旅に行こうね。私達は二人きりで、だからいつまでも恋人ね」

それが妻の自分自身への慰めであることを知っていたから、妻と二人きりのそんな未来を私がとても楽しみにしているように見せるため、当時の私は殊更よく笑った。私は妻の悲しみが嫌いで、妻の嘆きが苦しかった。しかし、子どもを産めないということに対して肯定的な意味を見出《みいだ》そうとする彼女の、そして私の、そうした前向きな試みは結局、彼女の心に立ち込めた喪失を取り払うことができなかった。

彼女が飼っていたハムスターや金魚は、彼女に根付いた悲しみの顕現だ。彼女の抱く憧《あこが》れのメタファーだ。それは私の勝手な思い込みかもしれないが、彼女の愛玩《あいがん》は切なかった。彼女が金魚やハムスターに対して愛情を注ぐ様が、私にはとても、寂しそうに見えた。

彼女が自分の料理の腕について過剰な自己嫌悪に陥るのも、つまりは自分に女としての機能が欠けているという強い自責があったからだ。子を産むという点を除いて、彼女は自らの持つ「男性にとって望ましい理想の女性像」に近付こうとして躍起になっていた。それはいわゆるやまとなでしこ的な表象で、しかしそれは彼女にとっての理想の自己像ではなく、私にとっての理想の妻像でもなかった。そして悲劇的なことに、彼女の愛する理想の自分と私の愛する本来の彼女とは、同一だった。

私は自由で、強く、朗らかな彼女が好きだったし、本当は彼女もそうありたいと思っていたはずだ。彼女が変わらずにそうであることを許さなかったのは、子を産むという機能が女性の大きな価値であるという前世紀的で馬鹿げた価値基準だけだった。彼女はそんな価値観に縛られている類《たぐい》の古い人間ではなかったが、人は喪失を強く恐れた時、代わりに本来の自分を失うことが往々にして、ある。彼女が「男性にとって望ましい理想の女性像」へ必死に近付こうとしていたのは、偏《ひとえ》に私から失望されるのが怖かったからだ。彼女はここでも私の言葉を心からは信じてくれなかった。決してそんなことで失望なんてしないという私の言葉を。

私は自分の話をするのが苦手だった。それがいけなかったのかもしれない。彼女はいつも私を知ろうとしてくれた。私を多く知ることが自分の喜びだと言ってくれた。だから私から多くの言葉を——私が私自身について表す言葉を、引き出そうとしてくれた。しかし私は、自分の感じたこと、考えたことを分かりやすく形にするまでに、多くの時間を要する、そんな人間だった。彼女は違った。的確に、シンプルに、素早く、自らの内省を言語変換できた。

他人が自分とは違うということを、常時、根っこから、認識し続けていくのは難しい。だから彼女は、私が彼女と同じくハイスペックな言語機能を持っているのに多くを語らないのはなぜかと不思議に思っているようだった。そのうえ私はそれ以外の部分でも、たくさん彼女とは違ったので、彼女は私を不思議な生き物だと感じているようだった。まあ、それは私も同じで、私にとっても彼女は多くの部分で不思議だった。私達は互いに不思議で、だから、彼女は私の言葉が信じられなかったのかもしれない。もし、私が彼女と同じ言葉を持っていたら、自分の言葉を彼女に信じさせることができたかもしれない。

「あなたと一緒にいると辛《つら》いの。苦しいの。あなたが目の前にいる、それだけで、自分がとんでもなく出来の悪い人間に思えて仕方ないの。自分が人間の失敗作みたいに感じるの」

だから私から見えないところにいてと、彼女は泣く。喪失への恐れが喪失を招く、人の心のデタラメな不合理。

彼女の中で、私にはまだたくさんの空白があったに違いない。彼女にとっての私の中に存在している未知な部分は——私が多くの言葉を持たないせいで彼女の目には空白に映っていた私の心の一部は、彼女の陰鬱《いんうつ》な精神状態を反映してあらぬ色合いを帯びていた。私が自分の多くを語らず、彼女が私の多くを知り得なかったせいで、彼女の中の私は好き勝手姿形を変えて、現実の私の態度とは関係なく、彼女を責め立て、彼女を罵《ののし》っていたのだろう。

子どもを諦《あきら》めて以来、彼女の中に別の彼女が現れ、彼女の自己は二つの色を持った。一色は、普通りの、彼女自身が望み、私が望む彼女だった。もう一色は、私からの失望を恐れ、巨大な自責で身動きが取れず、本来の自分を殺した誰にも望まれない彼女だった。二人は簡単なきっかけでスイッチした。前述のように自分の作った料理が気に食わなくてもスイッチしたし、怖い夢を見てもスイッチしたし、オムツのコマーシャルを見てもスイッチした。そんな時、彼女は私を責めた。そうすることでしか安定を得られない。落ち込んで、自己嫌悪して、私を責めて、ひどく泣いて、必死に謝って、時折しばらく抱き合って、そうしてやっと安定を得る。そうしていつもの彼女にスイッチする。

自分自身を責める必要はないと、私はいつも言っていた。私を責めることで平静な精神が保てるのなら、いくらでも責めて欲しかった。無能な私がそうして彼女の役に立てるのはとても嬉《うれ》しいことだったからだ。もちろん彼女の様々な罪の意識は、私のそんな言葉でも消えはしなかった。妻は長らく苦しんでいたが、彼女が死ぬ直前、彼女はいつもの彼女だったことが、何よりも私の心を救った。そんな悲しい話を、私はその時ヌメリヒトモドキの妻に話した。

15

その頃、イイジマ個体が二度目の融合欲求を示してから五ヵ月強。今までイイジマ個体から強く感じられていた、人間であろう、人間でありたいという意志や願望が、その頃のイイジマ個体からはまるで感じることができなくなっていた。あれはもう、どう前向きに見ても人間ではなかった。そこには尊厳の欠片《かけら》もなく、街中を這《は》いずる進化度の低い野良《のら》ヌメリヒトモドキの方がまだ幾分か高潔に見えるほどだった。

イイジマ個体は、ケージの中で跳ね回っていた。跳ね回っているという言葉から、人がぴょんぴょんとジャンプしているような光景を思い浮かべているのならとりあえずそれは忘れてほしい。あれは例えるならば、人の形をしたスーパーボールだ。人間には発することのできない汚らしい音を口から発し、手足を無茶苦茶に振り回し、べっちゃべっちゃと重い水音を響かせながらケージの壁に、床に、天井に、跳ねて当たって弾《はじ》かれて、それはまさしく、思い切り投げつけられたスーパーボールさながらケージ内を跳ね回っていた。通常の人間の形を保っていないこともあり、時には自分の口に肘《ひじ》まで腕を突っ込んで喉《のど》を膨らませ、時には頭を口から裏返しにしてその中に包《くる》まって、また時には手足をぐちゃぐちゃに絡ませて肉塊的な見てくれになった。

意思疎通は完全に不可能で、まだ人としての心を持っているのかどうかもわからなかった。イイジマ個体のそのありさまは、あれが非常にリアルに人間を模しているだけに――毎日顔を合わせ、少なからず時間を共にしていた同僚の姿を模しているだけに、私以外のチームメンバーの精神へ強く有害に作用した。あるメンバーはチームを外れたいと泣き出し、あるメンバーは会社を休みがちになり、あるメンバーはうつ病になった。それを受けて私は、そうしたメンバーが他の研究チームへ異動できるよう上司に掛け合った。彼らは私に感謝したが、それは二つの意味で見当違いだった。私がそうしたのはまた、形だけでも主任としての責任を果たさなければという打算的な意図があっただけのことだったし、それに彼らの感謝が謝罪の意味をも含んでいるとしても、そうしてメンバーが減ったところで私はそれを迷惑とも惜しいとも思っていなかったのだから。

チームが縮小したことによって私の仕事量が増えようが、私は一向に構わなかった。それによって削られるのはカンナミ研究員と過ごす時間だ。ヌメリヒトモドキの妻と私との時間の他は、会社で仕事をしてようがカンナミ研究員と寝てようがどちらでも私には同じことだった。いや、後述する理由により私は、その頃イイジマ個体の観察をどこか楽しんでいる節すらあったので、本当のところ迷惑とも惜しいとも思っていなかったどころか、少しばかりそのことをありがたくすら感じていた。

まあ、当たり前だがカンナミ研究員は私と同じようには考えてはくれていなかったようで、チームに残るメンバーへの——特に私とカンナミ研究員自身への、負担が増えるのを嫌った彼女は、チームを抜けようとする者に対して説教じみた真似をしていた。彼女の苛《いら》立《だ》ちは私にまで飛び火して、彼女は私がチームメンバーの異動に協力的な点を、様々もっともらしい理屈をつけて責めた。

カンナミ研究員の苛立ちはもちろん、他のメンバーと同じように、イイジマ個体の融合遮断実験によって彼女が不安定になっているせいでもある。カンナミ研究員がそのことを自覚していたかどうかはわからないが、彼女はその頃、最も強く私に依存していた。一緒に住むことについてしらふで持ちかけてきたのもその頃だ。ヌメリヒトモドキの妻がいる以上、カンナミ研究員のその計画が実現されることはないわけで、私は彼女の提案についてひどく曖昧《あいまい》な対応をしては彼女を怒らせていた。

イイジマ個体の狂態に中《あ》てられて害を被った者について「私以外のチームメンバー」と書いたが、そう、私はいたって平静にイイジマ個体の観察に臨むことができていた。私見でしかないが、イイジマ個体の人間としての心は、なんら異常を来たしていないのではないかと私は考えている。

イイジマ個体はいっそ狂えてしまえたらと願いながら、それでも正気から抜け出せない。ヌメリヒトモドキの体に閉じ込められて、ヌメリヒトモドキの生理に支配されて、それでもどうしようもなく人間でいたいのに、しかし得体の知れない欲望に渇いて、渇いて、渇

いて、渇いて、少しずつ積み上げてきた誇りも信念も哲学も全て凌駕《りょうが》するほどに渇ききって、結局人間であることなど今、イイジマ個体はどうでもよくなっているに違いない。女王との融合を果たせるのなら、わずかに残ったどんな気高さすらも喜んで捨てるだろう。そうして後からそれを悔い、再び人であることを心に誓って、しかしまた融合を阻止されれば数ヵ月後には尊厳をなくす。

なんて哀れな生き物だ、私はしみじみとそう思っていた。同情ではない。侮蔑《ぶべつ》だ。正直な話、そうだった。私はその頃、人間の心を持ちながら生理現象に負けて人間としての尊厳を保てない、そんなイイジマ個体を見る度に、強烈な優越感に酔い痴《し》れていた。おぞましいだろうか？　自分自身、その自覚を得た時はぞっとした。しかし事実だ。ヌメリヒトモドキをそんな風に思ったのは初めてだった。きっと、ヌメリヒトモドキの妻の影響だ。彼女の存在によって私は新たな視点を獲得した。ヌメリヒトモドキに対して、より擬人的な見方をするようになっていた。結果、人間に近付こうと生きている彼らは――それなのに醜悪で、決して人には成り得ない彼らは、どうしたって純粋に人間である私の優越感を満たしてしまう。人間である私は、どうしたって人間モドキである彼らを見下してしまう。

きっと、誰しもがそうであるはずだ、私と同じ視点を獲得したならば。全くもっておかしな話だと思った。完全人間近似個体である彩本個体やイイジマ個体ではなく、まだ不完全な人間近似個体であるヌメリヒトモドキの妻からそんな変化がもたらされるとは。

ある暑い、平日の夕方、カンナミ研究員からの誘いもなく、私は銭湯に寄って家に帰った。ずいぶんと細くなってしまった妻の髪を抱きしめて、夕飯を食べ、カッパを着てゴム長靴を履いてゴム手袋をして、清掃用具を携えて浴室の扉を開ける。いつも通りの夕方。いや、その頃はいつも通りではなかったか。カンナミ研究員との時間が多くて、それをいつもと表現するには少し足りないかもしれない。だから、私はそうして会社の後すぐ妻に会えることで上機嫌だった。まあ、浴室の扉を開けて五秒後、そんな気分も吹き飛んだのだけれど。

私が最初に目にしたのは、満面の笑みで私を迎え、ああな、ああなと私を呼ぶ彼女だった。そして私は、その口の端に何かくっついているのを発見する。赤い何かの欠片。一瞬、血のように見えてぎくりとしたが、指で取るとどうやらそうではなかった。ヌメリヒトモドキが血を流すはずがない。じゃあこれは何だろうと目を凝らし、はっと思い至って棚を見ると、その上に金魚鉢がなかった。浴槽を覗《のぞ》き込む。そこには割れた金魚鉢の破片と、ばらばらになった三匹の金魚の破片とが散乱していた。

それは、初め事故だったに違いない。ヌメリヒトモドキは絶対に生きている物を食べないし、それを食べるために殺すことも決してないのだから。恐らく、金魚と戯れようとして落としてしまったのだろう。浴槽の中で金魚鉢が粉々に割れ、金魚達は水を失い、やがて死んだ。そしてヌメリヒトモドキの妻は死んだ金魚達を、人間の知性と好奇心で分解し、ヌメリヒトモドキの本能に従って食べた。仕方のないことだ。彼女にはまだ倫理がなく、善悪がないから、罪もない。むしろ私にこそ責任がある。こうした事態は十分に予測できたはずなのだから。

しかしその時の私は、彼女のその人間らしからぬ所業があまりにも衝撃的で——妻として完成されつつあった彼女の、まるで妻のものではないその残酷さに激しく動揺して、振り返りざま、衝動的に、彼女の頰を殴った。ばちゃんと鳴って、粘液が飛び散り、彼女は半分開いていた浴室の扉に激突してそのまま洗面所に倒れ込んだ。瞬時、握った拳《こぶし》に残る柔らかな感触で、暴虐色の激情がすっと、氷のように冷たい罪悪感に取って代わった。私は幻の寒さに震えた。彼女は倒れたまま、いつもの愛らしく純真な愚かさを表情に浮かべて、穢《けが》れのない目で私を見上げ、ああな、と一度私を呼ぶと、懐っこく笑った。

私はゴム手袋を外し、カッパを脱ぎ、へたへたと膝《ひざ》をついて、力いっぱい彼女に抱きついた。くり返し謝罪の言葉を唱えた。ごめん、ごめん、と。私に強く捕われて彼女は初め驚いたようだったが、しばらくすると、おえん、おえん、と私の真似をして囁《ささや》いて、そして彼女は、私の背に、自らの意志で、自らの腕を回した。私達は初めて互いに抱き合って、それから、真新しい傷口に触るような柔々《やわやわ》しいキスをした。

その後私は、彼女を浴室から解放した。もう、浴室に閉じ込めておくのはやめにしようと思った。それには贖罪《しょくざい》の意味もあったが、愛《いと》しさ爆《は》ぜて、同じ生活空間で過ごしたいという衝動に抗《あらが》えなかったためでもある。臭いを抑えるために冷房を最低温度に設定し、窓と壁の境をガムテープで執拗《しつよう》に目張りし、カーテンを閉め切った。それから悩んで、結局玄関を入って最初の扉にも何重もの目張りを施した。出入りが面倒だが、臭いのことを考えればこの方が安心だ。彼女が家の外に出てしまわないように、その扉に外側から掛けられる鍵《かぎ》をつける必要があった。

不完全ながら妻の記憶を宿した彼女は、我が家を懐かしく思っているのか、妻の本を手に取って眺めたり、タンスを撫《な》でたり、床の臭いを嗅《か》いだり、せわしく部屋の中を動き回っていた。それを見ていて、ひどく背徳的な感覚が私を襲った。多くの背徳がそうであるように、私の場合もそれが生んだのは後悔ではなく快感だった。寒気を覚えるほどに強烈な快感だ。彼女が触れる場所触れる場所が、取り返しのつかないほど決定的に汚れていく。彼女が動き回るごと、部屋が彼女の粘液で彩られていく。成熟した人間のシルエットで、しかし宿した人間の心は未《いま》だ穴だらけで、それらの織り成す違和感が私の中のむごたらしい部分を、悩ましく挑発した。

ヌメリヒトモドキの妻との、その本格的な同棲《どうせい》に慣れるまで一ヵ月程度。その間に私は吐いたり寝込んだり大変な思いもしたが、しかし、あきらめなければ成る、何事も、狂気と愛があれば。私は彼女への慕情に支えられた不屈の精神で、その世界に慣れた。ヌメリヒトモドキの妻と抱き合い、手を取りあって生きるために、私の脳は様々に進化した。いや、退化か。私はまるで彼女へ歩み寄っていた。当時私はヌメリヒトモドキになったような気分を味わっていた。家では粘液に泳ぐような生活を送っていたのだから、そんな気にもなる。

毎日の浴室掃除がなくなり、しかも浴室が使えるようになったので毎日二度銭湯に行く必要も消えて、私の生活にはほんの少しだけ、時間的余裕ができた。空調の効かない浴室と違って、家の中に日光を入れず、冷房を最低温度の風量最大に設定しておくと、夏場でも粘液が腐るまでにかなりの時間を稼ぐことができたし、臭いも抑えられた。まあ、抑えられたとはいっても、死臭じみた地獄の臭気が元々の凄《すさ》まじい激臭に戻ったというだけなのだけれど。

それでも少しすればやはり粘液は腐るので、やはり小まめな掃除は必須《ひっす》だった。浴室に比べて掃除する範囲も広がり、水で流すわけにもいかず面倒も増えたが、もう私はヌメリヒトモドキの生活空間を徹底的にきれいにしようという非生産的な試みをやめていた。それによって私は、目立つ粘液の塊をタオルで拭《ふ》き取って捨てるだけという、粘液を腐らせないために必要な最低限の掃除だけをするようになる。

ヌメリヒトモドキの妻から抱きしめられたのを境に、私の中でヌメリヒトモドキの粘液を不快に感じるために必要な神経が迅速に、焼き切れていった。彼女と過ごす新しいその部屋が人間的観点で見て歪《いびつ》であるほど、それが私の彼女に対する愛情の特別さの証明になっているような気がして喜ばしかった。

彼女との眠りは深かった。いや、彼女は眠らないので私だけの眠りなのだが、彼女は私が寝ている間、人間としての記憶がそうさせるのか、私への思いやりからなのか、同じベッドの中でじっと微動だにしなかったので、私は何の弊害もなく眠ることができた。

誰もが吐き気を催すに違いない、ヌメリヒトモドキと同じベッドで寝るなんてことは。のみならず、快適な睡眠を貪《むさぼ》ることができるなんてことはあり得ないと思うだろう。しかし事実だ、間違いようもなく。布団も、ベッドも、枕も、私の髪も顔も腕も脚も部屋着も、何もかも全てが粘液で濡《ぬ》れている。呼吸するのはずっしり重苦しく部屋に溜《た》まったヌメリ臭。普通の人間なら二秒と耐えられないだろう。恐らくその頃にはもう、私は普通ではなくなってしまっていた。正常であることとは決別してしまった。それも、彼女の力だ。

私は朝目が覚めると、足を滑らせないように注意しながら起き出し、ねちゃねちゃと足音をさせながら寝室を出て、彼女に妻の髪を与えた後、キッチンで朝食を作る。そう、食事を作る、その粘液地獄で。粘液を少しくらい食べてしまっても、もう、嘔吐《おうと》することもなかった。むしろそれを体内に取り込むことは甘美にすら感じられた。誰もがそれを嫌悪するからだ。だからこそ甘美で、だからこそ意味がある。だからこそ、そうすることで私は彼女にとっての特別でいられた。あの頃の私は、彼女のためならどんな穢らわしさをも受容できるということこそが献身だと考え、自らの卑しさに酔っていた。

朝食を作る様を彼女は見ている。食べるところも見ている。そんな風に私を見つめるのにもいつかは飽きてしまうだろうと思っていたが、一ヵ月経った後も、彼女は私にくっついて回って私のすること一つ一つをさもおもしろそうにじっと見ていた。

私は朝食を食べ終わると、妻をリビングに閉じ込めて、洗面所に行き、歯を磨く。一本の歯につき六十回ずつ。でないと、寝ている間に口へ侵入したヌメリ臭は消えなかった。次に一時間ちょっと掛けてシャワーを浴びて、身体の粘液と染み付いた臭いを落とす。

彼女を浴室から解放して同棲生活が始まって間もない頃、完全に臭いが消えたと思っていたのに、カンナミ研究員のみならず研究チームの他の面々にまでヌメリ臭を指摘されたことがあった。その時はさすがに感づかれたかと思い、比喩《ひゆ》ではなく現実に目の前が真っ白になった。しかし、私の下手糞《くそ》な言い訳にもどうやら皆納得してくれたらしく、誰も私と彼女の秘密を知ることはなかった。

考えてみればそれもそうかもしれない。たとえ強いヌメリ臭を体から放っていようとも、まさかその原因がヌメリヒトモドキとの同棲などと一体誰が考えるだろう。一般人と違って、ヌメリヒトモドキを自宅に住まわせる彩本ユウリのような人間の存在を現実に認知しているヌメリヒトモドキ研究員ですら、中々そんな考えには至らない。しかも研究所で働く誰もが、ケージ清掃に際して人一倍巨大な鬱屈《うつくつ》を抱えていた私の様子を知っている。ヌメリヒトモドキの妻が初めて融合を果たしてから少しずつ粘液に対する耐性がついて、その頃では研究所で最もケージ清掃を苦痛に思わない人間になっていたが、変わらず皆の私への印象は「ケージ清掃の度に明らかなうつ状態に陥る繊細な男」だろう。その私がヌメリヒトモドキと生活を共にしているなんて荒唐無稽《こうとうむけい》な話を誰が思い描けるはずもない。

しかし当然、体に残るヌメリ臭を放置しておくわけにもいかない。かといって、そもそもヌメリ臭が体に染み付くなんてこと自体ひどく稀《まれ》なことなのだから、人体用のヌメリ臭消臭剤なんてものもあるはずがない。何か良い方法はないかと探していると、地面や塀に染み付いたヌメリ臭を落とすための消臭剤の一つで役立ちそうなものを見つけた。その商品には科学的に見て何ら、特別ヌメリ臭へ作用するようなものが含まれているわけではなかったが、少なくとも私のところのグループ会社で開発されているような商品をはじめとするその他多くのヌメリ臭専用消臭剤と違って、人の素肌に触れても平気な成分だけで作られていた。それほど期待はせずに購入して体に使ってみると、これが案外効果的にヌメリ臭を取り除いてくれた。しかしやはり本来人の体に使うようにはできていないせいだろう、入浴時にそれで体を洗うと肌がひどくひりついた。

朝、そうして肌がひりひりするのに耐えながら風呂《ふろ》を出て、私は髭《ひげ》を剃《そ》り、洗面所に置いてあるスーツに着替え、髪を整え、そうして一日を生きるため武装する。彼女のいない外の世界を、一日生きるために。さすがに服まで全て粘液まみれにしてしまうと外に出ることもできなくなってしまうので、衣服、カレンダー、その他貴重品は全て洗面所に隔離してあった。洗面所で会社に行く準備を整えた私は、昨日を黒く、黒く塗って、家を出る。

午後五時、会社を出て私は真っ直ぐ家に帰り、風呂に入って素早く身体を洗い、クローゼットの神殿で慎ましやかに垂れる細々とした妻の影を裸のままで抱く。そして部屋着に着替え、リビングに飛び込んで、喜び溢《あふ》れる笑顔で走り寄ってくるヌメリヒトモドキの妻をハグする。私が家で乾いた服を着ている時間は十秒に満たない。彼女と抱き合った時点でもう、でろでろだ。

私は彼女に妻の髪を与えてから自分の夕食を作って食べる。彼女はそれをじっと、見つめている。時折戯れに料理を彼女の口元に運んでみると、刺身や生肉は食べることもあったが、どうやら調理されたものには魅力を感じないらしく、それらを口に含もうとはしなかった。

私は歯を磨き、それから話をして、夜中、彼女をベッドの中に招いて眠る。カンナミ研究員と食事に行ったり、彼女の家に寄ったりすると中々同じようにはならなかったが、概《おおむ》ねそのようにして新しい私の日々は過ぎていった。

自分でも驚くべきことに、その頃の私は彼女に妻の話だけではなく、自分自身の話をも聞かせていた。とてもゆっくりしか話せない。前述のように私は、自分自身について深く考えたことがなかったから自分自身をよく知らなかったし、自分の内省を言葉として組み立てるのも遅かった。しかしそれでも、私は、彼女に自分を知ってもらいたいと思った。

私が自分から進んで自分の話をするなんてことは妻の生前にはしなかった。何が私にそうさせたのだろう。ヌメリヒトモドキの妻は言葉をまだうまく扱えないから、彼女の中にある妻の精神がどう望んでも私のことをより多く知るために彼女が自分から私へ働きかけることができない。そのために、妻に自分自身のことをもっとよく知ってもらいたいという私の強い欲望が、他人に対して閉じられたこの気質を打ち負かして顕現したのかもしれない。かつて妻に導かれるまま私が自分の心を彼女に曝《さら》け出すことで感じたあの溶けるように嬉《うれ》しい気持ちを考えれば、そんな可能性も十分あり得る。

ヌメリヒトモドキの妻は生前の妻にどんどん近付いているが、しかし彼女は生前の妻とはまた違った影響を私に及ぼしているようだった。それが私には恐ろしく、そしてどこか楽しみでもあった。

16

その日は風も焦げるようなとてつもない暑さだった。

昼休み、屋上庭園で山崎さんと昼食を食べていると、ただ日陰に座っているだけで滴り落ちるほどの汗をかいた。ハーブの緑も暑さに溶けているように見えた。それでも、私も山崎さんも、室内へ行こうとは言い出さなかった。尋常じゃない暑さには身の危険すら感じたが、しかし習慣を曲げる程大きな苦痛ではない。水分補給を欠かさなければ問題はないだろう。山崎さんはどうだかわからないが、私はそう思っていた。

「もうすぐ、この仕事をやめようと思っているんです」

山崎さんが唐突に口を開いた。彼の方を振り向くと、視線はハーブに合わせたままで、薄く微笑んでいた。あまりの暑さに、浮薄さの仮面も溶けたようだった。彼の表情には、隠しようもない悲哀が滲《にじ》んでいた。私は退職する理由を尋ねた。

「俺はたぶん、このまま一人で生きて、独りで死んでいくことになるだろうと思うんです。本当は新しく嫁さんでももらえばいいんだろうけど、こんな甲斐性《かいしょう》なしと死んでいこうなんて考えてくれるような女がいるとも思えないし。主任さん、きっと、独りで生き永らえて、ゆっくり死んでいくのは辛《つら》いことです」

彼は質問に答える代わりに、肩をすくませてそう言った。私は、全身の血が騒々しくさざ波立つのを感じた。それは懐かしく、そして忌まわしい感覚だった。それは、死の予感だった。暑さのためではない、脂っこくて冷たい汗が、背中一面に浮く。私は鈍感な風を装ってそれとなく、仕事をやめた後のことを聞いた。

「特に、考えてないんです。ただ、お金ならある。俺は生活のため以外には全くお金を使いませんでしたから。しばらく、静かに暮らそうと思います。ただ食べて、ただ寝てを繰り返しながら、とことん無為な時間を過ごしてみようと思うんです。無為なことの趣を理解できる程度には歳を取りましたからね。自分の中の色んなことと向き合ってみようと考えています。なんだか、高校生みたいなことを言っているようで恥ずかしいんですが」

私には、そういう無為さこそが体に毒だと思えてならない。何のためにでもなく単に消費されるだけの時間が、生の喜びを蝕《むしば》むのだ、と。少なくとも私にとってはそうだ。無為さは毒だ。

そのことを山崎さんに言うと彼は笑って、その感性を私の若さのせいにした。

「もしや主任さん、俺が自殺でもするんじゃないかなんて心配しているんじゃあないでしょうね。まさか、しませんよ自殺なんて。前向きな動機から、俺は無為な時間に飛び込もうとしているんです。再生のためだ。自分自身を蘇生《そせい》させるために、私はそれをするんです。俺は生きたい。良く、生きたい。このままの状態で生きるのも嫌だし、死ぬのも嫌だ。もう、家内は戻って来ないということを今一度、自分自身に納得させるための試みです」

しかし私は信じなかった。死を望まないという彼の言葉を。愛する人のいない世界で死を望まないなんていうのは、浅はかな嘘だ。もし彼が私と同じだとすれば、そうだ。山崎さんの奥さんに対する愛情の深さを知っている私は、どうしても彼と自分とを同一視してしまう。

かつて、まだ私が山崎さんの前向きさを本物だと信じて疑いもしていなかった頃、そのせいで私には山崎さんが奥さんの死を深刻に悲しんでいるようには見えていなかった。薄情とか、愛がなかったとか、そういうことではなく、奥さんの死を生産的に解釈しているように見えていた。それはまさしく、山崎さんが浮薄さを装うことで目指していた人間像なのだろう。

昔の私はまんまと、山崎さんがそういう人間だと思っていた。しかし、私が妻を亡くした後、山崎さんの抱えているのと同じ類《たぐい》の悲しみに毒されてから、彼と何度か話すうち、彼の本質はまるで違うということをすぐに悟った。それだけ彼の纏《まと》う偽物の自己は薄くて脆《もろ》く、対してその内側にある悲しみに侵された自己は鮮やかに目立っていた。

そうして彼の本質を垣間《かいま》見た後で私は、微妙に、私と山崎さんで悲しみの質が異なるということに気付いた。何か、深く深く、根本的な部分で、山崎さんは奥さんを亡くしたその悲劇を達観しているように思えてならなかった。

そのことについて山崎さんに尋ねたことがある。

「あいつが自殺した時、俺はね、お疲れ様って、そう思ったんです。俺はそんなに頭がキレる方じゃあないけど、あいつの考えていることは良くわかりました。いや、何をどう感じ、どう考えているかは手に取るようにわかったって意味です。どうしてそう感じ、どうしてそう考えているかってことは理解できませんでした。長い、長い間、俺はあいつを理解しようとしてきたんだけどなあ。狭い田舎だったから、三歳の頃から俺達はお互いを知っていて、小中高と同じ学校に行きました。俺達が、こう、特別な関係になったのは高校を卒業する時だったんですけど、それよりも前から俺達は色んなことを話していました。それで、俺は、ずっと思っていたんですよ。ああ、こいつにこの世の中は合わないんだな、って。世の中って言っても、社会ってことじゃありません。もっとでかい、宇宙とか、世界とか、そういうもの。生きることそのものが、あいつには難しかったんじゃないかって、そう思います。いつも、いつも辛そうだった。中学に入った頃からかな。もう疲れたもう疲れたって、まだ十三歳なのに、それが口癖だったんです。今考えれば、なるべく早く心の医者に連れて行けばよかったんだろうけど、あいつの家族がそんなこと許さなかったろうな。頭が固いんです、あいつの親父さんも、おふくろさんも。あいつがそうして辛そうにしていることに、何かはっきりとした理由があるはずだと思い込んでいました。勉強か、友達か、部活か、恋か——。でも、ないんだ。そんな、具体的なもんじゃあないんだ、きっと。それがあいつの家族にはわからなかった。娘が、心を開いてくれないと悩んでいたな。開いたところで、そこに理解できるものなんて何もなかったのに。そこにはただ、もやもやとしたわけのわからない有害な何かが立ち込めていただけなのに。俺とあいつは東京に出て、そして結婚しました。俺はあいつをすぐ医者のとこに通わせたんだけど、状況はあまり変わらなかった。だから俺はいつもあいつに言っていました。無理しなくていいぞ、って。逃げたくなったら逃げていいぞ、どこにだって逃げていいぞ、俺はどこにだって一緒に行ってやるから、戦うのに疲れたら逃げていいんだぞ、って。あいつが死んで何よりも悲しいのは、あいつが俺を連れて行ってくれなかったことです。俺だけ置いてけぼりにして、一人で逝ってしまったことです。あいつが死んだことそれ自体には、悲しむよりもむしろ安堵《あんど》しているんですよ、俺は。お疲れ様、ご苦労様、今までよくがんばったな、なんて。だから、あいつのことを話している時の俺は、普通に悲しんでいるのとはちょっと違う風に見えているのかもしれないなあ」

その話をしながら涙する山崎さんを見て私は、彼が奥さんのことをどれだけ深く愛しているかを、そして、意図的に作り出している実際の印象よりもずっと彼が聡明《そうめい》であることを知った。

私は、彼に、死んでほしくないと思った。人を助ける言葉を持たない私にはただ、死を望まないという彼の言葉を信じることしかできないが、確かに私は彼に死んでほしくないと感じていた。そして、できればこれからも一緒に弁当を食べてほしかった。ただ黙って飯を食べているだけでよかった。同じ方向を見て隣に座っていてくれているだけでよかった。カンナミ研究員のように私の方を見つめるようなことをせず、かといってまるっきり他人のように背を向けることもせず、ただ、同じ方向を共に見るということ。それが私には心地よかった。

「主任さんは、例の彼女のことを逃がさないようにがんばってくださいよ。その一人、たったその一人がいるだけで、主任さんは俺とはまるで違う人生を送れるはずだから」

山崎さんのその言葉を聞いて、私は納得した。私は妻を蘇生しているが、彼にはそれができない。山崎さんは死んだ者が決して帰らないと思っているから、無為な時間を必要としている。私にとってのヌメリヒトモドキの妻が、彼にとっての無為な時間だ。それによって救われると信じているのだろう、私ほど確信的でないにしろ、彼もまた少なからず。悪夢からの解放を、私と同じように彼も強く望んでいる。

昔の恋人と再会できるかもしれないという嘘が、山崎さんを焦らせ、解放への欲望を焚《た》き付けたのかもしれないということに思い至った私は、その嘘をついたことを再び後悔した。しかし今更どうしようもない。彼が苦痛を逃れるために仕事をやめなくてはならないのなら、私は見送るしかない。山崎さんにとってそれが生産的な変化であることを祈るばかりだ。

それでもやはりなんともやるせなかった私が、退職祝いに今度飲みに行きましょうなどと柄にもなく誘うと、山崎さんは今まで滲ませていた悲哀さも嘘のように上機嫌になって、缶コーヒーを一本、奢《おご》ってくれた。

カンナミ研究員と私はその夏の終わり、旅行へ出掛けた。カンナミ研究員は、生前私の妻が旅行好きで、私を引き連れてしょっちゅうあちこち飛び回っていたのを知っているから、恐らくは何かしら打算的に私の心へ働きかけようという意図があったのだろう。考え過ぎに思われるかもしれないが、旅行中の彼女の言動を後から思い出してみると、どうしてもそう感じられてならなかった。

しかし、彼女にどんな目論見《もくろみ》があったにせよ、その時の私の頭には彼女の影響を受け入れるだけ容量に空きがなかった。ただ、私の頭蓋《ずがい》はヌメリヒトモドキの妻への憂慮で満たされていたからだ。

その旅行から帰れば、彼女と離れている期間が今までで一番長かったことになる。それに私は二十四時間以上一人になれる時間が持てないのは嫌いだった。そうすると日記が書けない。昔、妻の前では平気で日記を書いていたが、カンナミ研究員だとそうもいかない。

そんな諸々《もろもろ》の思惟《しい》が、たぶん、漏れ出していたようだ。知らない町を歩きながらカンナミ研究員は、また体に良くないこと考えていませんか、と言って私の腕をゆるく抓《つね》った。彼女の言う体に良くないこととは、妻の死に端を発する私の鬱屈《うっくつ》でコーティングされた色々のことだ。どんな類の考え事も、気分の落ち込んでいる時にするそれは体を毒するのだと、カンナミ研究員は言っていた。

「不謹慎かもしれませんけど、私、嫉妬《しっと》してますよ、すごく。その物悲しさが全部、奥さんのために生まれたものだと思うと、なんだか、体の中から物悲しさばかり滲《にじ》ませているから、まだ奥さんのことでいっぱいなのかなって、そう感じるじゃないですか」

そう、実に正解だった。言葉の通りだ。望まれないものの名前として話に妻が出てきて、著しく気分を害した私は、しかしそれを態度に出すこともせずに、得意の曖昧《あいまい》さでそれに答えた。その曖昧をどう解釈するかもやっぱり、カンナミ研究員の自由だ。彼女は、なぜか私の返答を聞いてぎゅっと、私の腕に体を押し付け、私の肩に頭を乗せた。カンナミ研究員は基本的にポジティブだった。

そこは観光地だけあって大振りのモドキタタキを手にした美観維持員が多かった。賑《にぎ》わった場所の外れに番として立っているだけでなく、ぐるりと見渡せばあちらこちらでパトロールをしている彼らを見ることができる。しかし、クリスマスに横浜で目にした美観維持員ほど彼らは職業意識が高くないようで、皆一様にどこかだらけた雰囲気を纏っていた。ヌメリヒトモドキを追い立てる様も、そこからは横浜の美観維持員が滲み出させていたような怒りや憎しみが感じられず、いかにも義務感剝《む》き出しだった。

「見て、あれ、あの建物の上から少しだけ覗《のぞ》いてるの、女王じゃありませんか？　こんなところにもあるんですね。道理でヌメリヒトモドキが多いと思った、こんなにたくさん美観維持員の方もいるのに。せっかくの景観が台無し」

なるほど、慣れと疲れが彼らの職業意識を削《そ》いでいたのか、と気付く。こんな近くに女王があったのではヌメリヒトモドキをいくら追い出してもキリがないだろうし、それに観光シーズン以外の時期でも彼らは美観維持に努めているのだろう。そうでないとすぐに、いつもの女王がいるあの海岸近辺のように、この一帯もまたヌメリヒトモドキの街と化す。それを許せば、直接ヌメリヒトモドキの被害にあっていない場所にも痛々しい影響が及ぶ。重要な観光地を失った田舎の行く末は暗い。だから、ここの美観維持員にはきっと休む暇がない。一年に一度だからと張り切っていた横浜の美観維持員の、三六五分の一にも遥《はる》か達しないモチベーションしか彼らは持ち合わせてはいないだろう。

それからカンナミ研究員は、自分がどれだけ正義の名の下にヌメリヒトモドキを憎んでいるかを、飽きもせず、長々と、感情豊かに演説した。極たまにカンナミ研究員はそうして、ヌメリヒトモドキから地球環境や経済を守るとかなんとかいう話を私に聞かせた。しかし、その言葉にはまるで真実味がなかった。

そもそも彼女が研究者としてヌメリヒトモドキに向けている眼差《まなざ》しは、冷徹、残酷なほどの好奇心から成っている。それは間違いない。彼女が研究所でヌメリヒトモドキについて語る熱っぽさからもそれはわかる。彼女の研究原理は正義ではない。それにもかかわらず彼女がそうして正義を語るのは、もしかしたら彼女の中にヌメリヒトモドキへの純粋な知的欲求をはしたなく思う気持ちがあるからなのかもしれない。あんな汚らしく、下品な生き物をおもしろい、興味深いと感じるなんて恥ずべきことだ、とでも考えているに違いない。

大学時代カンナミ研究員は、ヌメリヒトモドキの女王によって経済的な打撃を受けた地方の人々を援助するNGOに所属していたとかで、恐らく彼女の正義感は、その大学時代に自分で自分に貼り付けたラベルから――ヌメリヒトモドキによって被害を受けた人々を助ける団体のメンバーというラベルから、生まれたものだ。ヌメリヒトモドキへの憎しみと正義についての彼女の信念は、彼女の哲学によって育《はぐく》まれたものではなく、既成の役割によって雛形《ひながた》通りに形作られたものであるからこそ、強く嘘臭さが香っている。そのNGOに所属したのも、ヌメリヒトモドキへ強く惹《ひ》き付けられる自分の好奇心を認めたくないという精神の働きが彼女にそうさせたのだろう。

私はうんざりしていた。それは彼女が他人製の正義をあたかも自らのものと勘違いしてそれに気付いておらず、加えて、正義に身を捧《ささ》げていた自分の善良さに酔っているその浮薄な様子のせいでもあったが、彼女のヌメリヒトモドキについて言う侮蔑《ぶべつ》が、ヌメリヒトモドキの妻へ向けられているもののように感じられたせいでもある。

カンナミ研究員は敏感に私の飽き飽きとした様子を感じ取ってしまったようで、せっかく旅行に来ているのに仕事を思い出させるようなことを言ってごめんなさいと謝った。私は慌てて気にしていないと嘘をついた。

カンナミ研究員と歩くのと妻と歩くのとでは一体何が違うのだろう。同じく旅行に来て、同じく手を繋《つな》いで、同じく美しい景観を望んでいるのに、カンナミ研究員と妻とはどうしてこんなに違うのだろう。灰を食べているように無感動。私の体とカンナミ研究員とが触れ合っているのを、遥かから俯瞰《ふかん》している感。もしくは、私の形をしたロボットに乗って、それを操縦している感。カンナミ研究員は直接私に触れていない、直接私に話していない、そんな感覚。

「こうして日常を離れて未知に囲まれていると、なんだか、普段の自分とは違う自分になれるような気がしませんか。誰も私のことを知らなくて、私だって誰のことも知らなくて、無関係ばかりで構成された町の中で私は、いつもの私とは、少し違う私なんです」

彼女はそう言って私にキスした。周りに人は多かったし、彼女はしらふだったが、彼女は私にキスをした。鳥肌が立った。いつも通りのキスだった。カンナミ研究員はいつも通りのカンナミ研究員だし、私もいつも通りの私だった。なんだか、そう、彼女が自作自演する壮大なごっこ遊びにつき合わされている感覚。そうだ、それが一番近い。全てが白々しい。

カンナミ研究員が私を強く必要としているのは、きっと彼女が私のことをまるで知らないせいだ。いつかの妻と同じく、カンナミ研究員の中で私は、彼女の望み通りの姿でいるに違いない。彼女の中で不安を生む心の欠損部をぴったりと補うように成型された幻の私の姿は、しかし、本来の私とは多くの点で異なる姿だ。本来の私というのがどういう姿をしているのか、私自身にもわかりはしないのだけれど。静かな、写真と同じ。私は、私という人間の肖像でしかなく、決して私自身ではない。

無口な私は、誰にとってもそうでしかない。皆、私の肖像を見て、物言わぬその肖像を見て、思い思いに私を描く。それは精神を病んでいる気弱な男であり、いつも深い思索に耽《ふけ》っている聡明《そうめい》な研究者であり、自分を受け入れてくれる一番の理解者であり——。

もちろん少なからず誰しもがそうではある。誰しもが自分の本質と相手が認識してくれている自分との間には差異を感じる。人が人を理解し切ることなど本質的にあり得ないし、だから、誰かの心に映る自分の影、そこにある空白が完全な正解で埋まることもあり得ない。ただ私の性質の特異な点は、人の心に映る私の影の、その空白がとてつもなく大きく、そして、その空白を埋める色が私の実像とは関係ないということを、空白はあまりにも巨大なのに、それを埋めた本人が全く自覚できないところにある。

それは、きっと私の言葉が少ないせいだ。それに尽きる。かつての妻も、そしてカンナミ研究員も、自らの中に見る私が、私自身の実像だと強く信じて疑わなかった。もし、カンナミ研究員がもう少しだけ私のことを——毎夜亡き妻へ送る真摯《しんし》な祈りを——本能に近い部分で静かに蠢《うごめ》く暴力的な熱情を——ちょっとした刺激で毒を放つ腐った悔恨を、せめてあとほんの少しだけでも、彼女が知っていたなら。

「お金はあるんだから、もっとでっかい家にでも住み替えればいいのに。マンションじゃなくって、一戸建てとかどう？　そうすれば、うん、気持ちも多少は晴れると思いますよ。もう、三年じゃないですか。自分の新しい人生を歩く努力をした方がいいですよ。よかったら、いいカウンセラー紹介します」

宿の部屋で夕食を取り、程よく酒を飲んで、カンナミ研究員と私は向かい合わせ。彼女の顔はアルコールで赤く、吐く言葉は不吉だった。危うい均衡で人間の部分に抑えられている、私の根源的で冷血な感情が、彼女の言葉に反応してぷくぷくとささやかに沸き立つのが感じられた。

妻が死んで凍ったあの家が私の居場所だ。苦痛を逃れたいという気持ちはあったが、妻に対する気持ちを忘れてまで生を充実させたいとは欠片《かけら》も思わなかった。それに、私は今まさに、苦痛から逃れようとしている。ヌメリヒトモドキの妻が、私にはいる。家を越す必要もカウンセラーに掛かる必要もない。新しい人生はもう始まっている。

私と一緒に旅行するのも悪くないでしょ、そう言ってカンナミ研究員は私の目を覗く。アルコールのせいだろう、彼女は顔が赤く、そして涙ぐんでいるように見えた。彼女の目は怯《おび》えにも似た光沢で彩られ、そのせいでひどく弱々しい印象を与えるのに、しかし無遠慮で、むしむしと暑苦しく、貪欲《どんよく》だった。吐息か汗か、彼女の放つ湿度がこの空間を不快に重くしていた。ヌメリヒトモドキの妻の粘液はあんなにも快いのに、カンナミ研究員の吐き出す湿った空気は息苦しい。

私は立ち上がって窓を開け、眼下に大きな川を望みながら、目一杯涼しい風を吸い込んだ。ふと見ると、川岸の暗闇にもぞもぞと動く影がある。ヌメリヒトモドキだった。今頃ヌメリヒトモドキの妻は何をしているだろう。私を想って泣いてやしないだろうか。それは望ましいことでもあり、悲しいことでもあった。彼女とも旅行に行きたい。妻と行った海を見せてやろう。妻の好きだった、波の音だけが立ち上る夜の海を。

私は妻と見た、ある海の光景を思い出していた。時期はもっと冬に近くて、場所も宿ではなく海岸だった。ぴしぴしと冷えた真夜中の底で妻と私は二人きり、目の前には妻の言う黒い海が気の遠くなるほど広く波立っている。

妻は真っ直ぐに海の方を見て佇《たたず》み、私は少し後ろから妻の横顔を盗み見ていた。何を考えているかわからなかったが、その時の妻が皆に望まれていない方の妻であることだけはわかった。繰り返される波の音が、私達だけのこの時間も止まっていないことを示している。

波の音、波の音、波の音、あたかもささやかに、しかしその実空を満たして鳴って、緩やかなのに無慈悲に転がる時の流れが例外なく私達をも死に近づけていた。それでもまるで、私達だけが時間の流れに置いてけぼりを食らったように感じられた。

妻はもしかしたら、決して生まれてこない子どもの顔を思っているのかもしれない。それとも私の空白にあらぬ色を塗りたくっているのかもしれない。それとも望まれない自分像を演じるのに疲れ切ってしまったのかもしれない。願わくば、昨日の夕食は上手《うま》く作れたとか、最近面白いテレビ番組が何もやっていないとか、お医者さんの新しくくれたお薬が大きくて飲みにくいとか、私の憂慮を裏切るそんな下らないことを考えていてほしい。下らなければ下らないほどいい。叶《かな》わないだろうけれど。

望まれない色をしている時の妻は、まるっきり重大なことしか考えない。妻も私も、一言として言葉を交わさず、二人だけの苦しみと、二人だけの悲しみが、私達を包んで、その他の何もかもが私達に触れられないように守っていた。初めにその沈黙を拭《ぬぐ》ったのは妻の涙で、肩の揺れがそれに続き、洟《はな》をすする音が聞こえ、妻は私の名を呼んで私の腕に抱きついた。とても強く抱きついた。

妻は、その海がお気に入りだった。特に夜のそこが、大好きだった。何度も、何度も訪れた海だった。出会ってから迎えた最初のクリスマスにも、彼女と同じ家に住み始めた次の日にも、妻と結婚して初めての彼女の誕生日にも、それに、何でもない、変哲のない日にも、私達はそこを訪れた。しかし妻はその時、好きだったその海をひどく、怖がっていた。

「あなたなんか嫌い。私、あなたが大嫌い。あなたのことを考えると、色々な後悔しか浮かばない。正体もわからない、なんだかぼんやりとした後悔よ。わけがわからないの。どうして苦しいのを強いるあなたが、他の何よりも私の苦しみを取り去ってくれるの？　どうしてそんな矛盾で私を追い詰めるの？　もう、あなたなんかどこかへ消え去ってほしいのに、あなたがいないと私は生きていけないの。これって、すごく苦しいよ、ねえ」

妻が私を急《せ》かす。もうここは怖いから帰ろう、寒いからうちへ帰ろう、と。夜中の海は視界いっぱいに大きくて、たぶん、妻の中にも同じくらい黒い茫漠《ぼうばく》がざわざわと鳴っている。太刀《たち》打《う》ちできるはずもない、そんな巨大なものに、この私が、武器になるような言葉を何も持たないのに。それは妻が病院のベッドから起きることを許されなくなる直前の出来事だった。

私はその頃、暗い色の妻に掛ける言葉を全く備えておらず、しかしぐったりと寄りかかる妻の体重を支えるためにはきっと、どうしてもそれは必要なはずで、いつしか彼女の重みは私の中で彼女の後悔と同じようにあやふやな苦痛となって私を蝕《むしば》んでいた。

彼女の言葉通り、その苦しみを何よりも取り去ることができるのは私のはずなのに、彼女の期待通りに私はそれをなすことができていない。ただ受動的に彼女の痛みを受け取るだけではもう間に合わないのだろう。私が自ら、彼女の中に踏み込み、決定的な言葉でもって彼女の黒い茫漠を掃《はら》わなければならない。彼女がこんなにも私を必要としてくれているのに、私は彼女を助けることができず、あまつさえ私こそが彼女を苦しめているという現実には耐え切れなかった。

彼女の苦痛は私の特別な一言で取り払われる、彼女の言葉はいつでも真実である、私の信じきっていたそれらが間違いだとその時は理解できなかった。彼女の抱えていた苦しみを取り除くための決定的な言葉などこの世には存在しないということ、彼女は常に正しく的確に自分の気持ちを語っていたわけではないということ、それらを私がもし、理解することができていたら、私の妻に対する愛情は揺るがなかったはずだ。私が自分を責めることもなく、それによって暗い色をした妻を恐怖することもなかったはずだ。何もかも全てを終えて手記を書いている今現在、私は強くそう感じている。

私が妻と見た黒い海の思い出を反芻《はんすう》していると、カンナミ研究員が、後ろから私を抱きしめた。巨大な熱源が体の中にあるようだ、彼女の体はまるで燃えていた。背中を覆う彼女の灼熱《しゃくねつ》は、川の冷たさを汲《く》んで吹き上がる風の中で、途方もなく私を焼いた。

私は部屋の中に戻るためを装って彼女の拘束を振り解《ほど》こうとしたが、彼女は私に振り返ることすら許さないほど強く、私を抱いていた。彼女はその強さで私を求める強さを表そうとしている。抱きしめる強さが強ければ強いほどに、自分の想いが、よりリアルに私へ伝わると思い込んでいる。

熱かった。背中に、カンナミ研究員の形をした火傷痕《やけどあと》が残りそうだ。夜闇、せせらぎというには少々豪快に過ぎる川の音とカンナミ研究員のなぜか荒い呼吸音だけが、私には聞こえていた。

そこまでにしておけばよかったのに。それ以上私に働きかけようなんて思わなければよかったのに。彼女の次の一言で彼女は全部終わった。残らず、何もかも、途切れて消えた。

「前の奥さんには無理だったみたいだけど、私だったらちゃんと、子ども、産めますよ」

カンナミ研究員がそう言った夏の終わり、その夜。それから数えて六日後、彼女は私に殺されて死ぬ。

後悔はしている。罪悪感はない。あの一言で私は、彼女のことがどうしようもなく嫌いになってしまった。どうして私に嫌われるようなことを言ったのか、と思う。本当に、カンナミ研究員がもう少しだけ私のことを知っていたなら――。私も人なんて、殺したくはなかった。どうして私に殺させたのか。

やっと気付いた、この女は良くない、ただの害毒だ。その時の私にはただ、そう思えた。

17

私がカンナミ研究員を殺したのは、彼女が週末のヌメリヒトモドキ管理の当直だった日の深夜だ。

私は適当な理由をつけて、カンナミ研究員と同じ日の、同じく深夜の時間帯で当直だった別の研究員に日程を変わってもらった。私はそのことをカンナミ研究員に話していなかったので、当日の夜、研究所に現れた私を見て彼女は驚き、そしてとても嬉《うれ》しそうだった。

私達は夜中の研究所を周《まわ》って、各ヌメリヒトモドキの様子を記録したり、実験内容によって環境の違うケージの設定に狂いがないかをチェックしたり、素早く、予定通りに、業務をこなした。そうして義務を果たした後、私は、カンナミ研究員をイイジマ個体のケージに閉じ込めた。十五分後、彼女は死体だった。

彼女はケージに閉じ込められてからずっと私に向かって何か叫んでいたが、分厚いガラスに阻まれ、イイジマ個体の奇声に掻《か》き消され、何を言っているのかよくわからなかった。たぶん、助けを求めていたのだろうと思う。

融合欲求への渇きによって言葉も失い、ただ狂ったように暴れるイイジマ個体は、しかしどこか楽しむようにしてカンナミ研究員を死に追いやっていったように私には見えた。私の仮説通り、正常な彼の精神がカンナミ研究員への恨みを晴らしたのか、それとも、それが融合欲求を妨げられたヌメリヒトモドキが見せる凶暴性なのかわからなかったが、まあ、なんにせよ問題なく殺してくれたことで私は安堵《あんど》した。

ところで、夜中の当直をケージ清掃以上に嫌う研究員も少なくない。人気のない研究所のヌメリヒトモドキケージ群があまりにも不気味だからだ。研究所内には他にも当直の研究員がいたが、ケージ群のあるブースはその日、私とカンナミ研究員の管轄だったし、仕事もないのにわざわざそんなところへやってくる人間は絶対にいない。だからカンナミ研究員は、私とイイジマ個体の前だけで死体になった。

私は彼女が死んだのを確認してから、イイジマ個体をケージから出した。彼は何やら叫び、あまりにも人間離れした速度で走り去った。実験材料として生きるためにわざわざ研究所へ戻ってくるようなことはしないだろう。実質、真相は私だけが知っている。

カンナミ研究員の死体は、粘液に濡《ぬ》れ、さみしいような、苦しいような、なんだか変な顔で固まっていた。ケージに閉じ込められてから死ぬまでの十五分、彼女は泣いていたようだったが、それは記憶のいたずら、脳みその作った嘘の映像かもしれない。少なくとも、粘液まみれの死骸《しがい》には、涙の跡が残らない。

数十分後、所用を済ましてから私は警察へ通報した。すぐさま駆けつけてきた警察は、夜中の研究所から静寂と落ち着きを奪った。警察に提示させられたイイジマ個体ケージ内の観察カメラの映像には、カンナミ研究員がケージ内に転がり込んできてそのまま閉じ込められてしまい、人から怪物へ成り下がっていたイイジマ個体によってひどく甚振《いたぶ》られ、徐々に消耗し、やがて息の根を止められるまでが克明に収められていた。

一方同時刻、研究所内に設置された別の監視カメラの映像には私の姿が映っていた。また、その時研究所内にいた他の研究者は皆、別の人間と顔を合わせていた。カンナミ研究員の死亡は事故として処理されるはずだ。

私の映る監視カメラの映像が本当にその時刻の映像か、もしやデータに何かしらの細工が施されたのではないか、そうした疑いを警察が持ったとしても、それ以上彼らが研究所を、そして研究所のデータを調べることはできない。たとえ人が死んでも、この場所は国の意志によって守られている。それは正義にも勝るものだ。その背後には、より大きな正義があるのだから。それは私には理解し難く、そしてどうでもいいことだけれど。

これで、もう、二人の時間を侵す害毒は消えた。ある研究チームのブース内、警察官二人と向かい合わせに座って言葉を交わす中、私はそう考えていた。友好的な態度の警察官がする、形式的であろう意味のない質問に嘘を織り交ぜて答えながら、その実上の空、私は昂《たか》ぶっていた。これからは妻のためだけに時間を使えるのが嬉しかった。

カンナミ研究員には気の毒だったが、どうしようもない。全て、そうあるべき方向に流れてこうなった。カンナミ研究員が私に惹《ひ》かれたこともどうしようもなかったのだろうし、私が妻を蘇《よみがえ》らせようと考えてそれを実行したことも、その中でカンナミ研究員が決定的に邪魔になったことも、全て、当然の原因が積み重なって生まれた当然の結果だ。

時間が不可逆である以上、過去は悔やむものではなく、糧にするものでなくてはならない。妻の言葉だ。まあ、私にとって妻の死だけは、どうしても糧になり得なかったけれど。

私はカンナミ研究員を殺してしまった。それはもう揺るがない。もし私が糾弾の場に引きずり出されれば抵抗はしない。法に則《のっと》って罰を受ける。殺人に対する罰、それを隠ぺいしたことに対する罰、私はそれらを受ける覚悟で罪を犯したのだから。

「罰」とは、「罪に対して支払うべき適正な対価」だ。少なくとも私はそう認識している。だから罪を犯すことをためらわなかった。罰という対価の支払いを認めることによって、その罪を犯す権利を購入したと私は考えている。私はカンナミ研究員を殺すという罪を犯した。然《しか》るべき罰はいつか支払う。いつになるかはわからないが、私の罪が明るみに出たその時には、必ず。

しかしそれは今ではない。新しく生まれる妻との日常が断罪によって破綻《はたん》しない限り、私は怯《おび》えながらでも彼女と生きる。そのために私の罪はあるのだから。後悔も罪悪感も、今は必要ない。

とにかく支払いの時が今すぐ訪れることになるのは望ましくない。私の殺人がすぐに暴かれることはないだろうという自信はあったが、少なくともカンナミ研究員が消えたことによるこの胸の高鳴りを警察官に悟られては、その印象が私に良く作用するはずもない。私は家で待つヌメリヒトモドキの妻のことをなるべく意識の外に追いやって、目の前の問答に集中した。

カンナミ研究員やヌメリヒトモドキケージの仕組み、今日のイイジマ個体の様子、そしてなぜ私が今日の当直を代わってもらったのかなどについて質問されたが、それらについても、守秘義務を盾に使えば彼らもそれ以上追及することはできない。もちろん、警察からの様々な質問に対する安全な回答は、カンナミ研究員殺害の前にあらかじめ用意してあったが、もしそこに何かしらの矛盾があっても、守秘義務が保険になる。

それに、表面的な印象でしかないが、警察官達も事件性を疑っているようには見えなかった。少なくとも、カンナミ研究員に対して自分を偽る時よりかはうまく、落ち着いて演じられていただろう。親しい同僚が突然死んだショックに茫然《ぼうぜん》とし、自分を責める善良な弱い男を。

しかし、そんな私の名優振りも、警察官のしたある質問によって見る影もなく霧散した。イイジマ個体逃亡に伴う、二人目の犠牲者についての、質問によって。

動揺を隠すことなどできなかった。警察官達が私の取り乱し様を殊更不自然なこととは考えなかったことが救いだ。まさか、イイジマ個体が逃げる途中に別の人間を傷つけるかもしれないなどとは考えもしなかった。

私は努めて冷静さを取り繕い、話を中断させてしまったことを詫《わ》びてから、警察官を促して二人目の犠牲者についての話を最後まで聞いた。それには痛みが——予想をはるかに超えてとてつもなく深く私を傷つける痛みが、伴った。

山崎雄二郎。それが二人目の犠牲者の名前だった。

血液が、凍ったように、体が冷えた。

山崎さんはその日、改札の警備担当だった。電車があろうとなかろうと、少なくとも会社へ続く改札には必ず警備員が見張りに立つことになっている。しかし私が会社に来る時は、彼とは会わなかった。たまたま外していたのか、それともまだ彼のシフトの時間ではなかったのかはわからない。

話は至って単純だった。イイジマ個体は研究所から出た後、どうやら駅へ向かったようだった。改札で山崎さんはイイジマ個体と出くわし、咄嗟《とっさ》にそれを止めようとして立ちはだかった。しかし、あの状態のイイジマ個体を止められるはずもなく、山崎さんは凄《すさ》まじい勢いで轢《ひ》き飛ばされ、運悪く頭を床に強打。すぐ救急車で搬送されたらしいが、そのまま亡くなった。

不思議な感覚に陥った。まるで予期していなかった、唐突な喪失のせいだろうか。まるで、世界がペーパークラフトになってしまったかのよう。全て、中身のない、薄っぺらな、おもちゃのように見える。警察官も、彼らの発する言葉も、ブース内にある全ての物も、何もかもが嘘くさく香る。私の中には巨大な空洞が広がり、その真ん中にぽつんと佇《たたず》んだ小さな私の精神の呟《つぶや》きが、私の大きな身の内いっぱいでわんわんと反響している。強いエコーのせいで何を言っているのか中々聞き取れなかったが、よく耳を澄ますと、こう呟いているのがわかった。

飲みに行こうという約束は嘘になってしまったなあ――。

その声を聞いて、私の中の他人への執着を司《つかさど》る細胞が悲しみに焼かれ、死滅した。妻だけだ。妻への執着だけ。それだけが私を生かす。それだけが私を生かしていなければならない。それ以外の諸々《もろもろ》への執着は、不要な痛みを生むだけだ。その時の私は、脅迫的にそう心の中で繰り返していた。強く、何度も、何度も、冷静な精神の、残酷な呟きを、まるきり全部、掻《か》き消すように。私は自分が壊れてしまったのだろうかと怖くなった。まるで、自制が利かなかった。

山崎さんの死は偶然ではあったが、慎重さによって避けられたことでもある。イイジマ研究員と同じ記憶を持っているイイジマ個体が、他のどこでもなく駅の改札から逃げ出したのは、考えてみれば当然のことだ。私と同じく、イイジマ研究員も駅の改札を経由する以外の方法で会社の敷地内から出たことはないはずだ。もしその考えに至っていれば、実行を山崎さんの休日に合わすこともできた。彼のシフトなど、本人から聞けば簡単に教えてもらえただろう。それにもし、会社へ来る時私が山崎さんと顔を合わせていれば、不吉な可能性に思い至って私は計画を中断したかもしれない。しかし私は彼とは会わず、そして私は浅はかだった。

それらがこの広い敷地内で、イイジマ個体と、山崎さんとの不運な邂逅《かいこう》を実現した。

いや、やめにしよう。私はそう考えて荒れた心を冷ました。ただ、明るく笑う妻の声を想い、私の頭を撫《な》でる妻の手を想い、強く私を抱く妻の胸を想おう。もう、どんな悲しみも喜びも必要ない。妻以外の全てに対して私は、頑《かたく》なに無感であろう。感動と、執着が、人を苦しめ、貶《おとし》める。私は妻の前でだけ人間に戻る機械になろう。これ以上考えても無駄だ。山崎さんは死んだ、それだけだ。

しかしそれでも私は朝まで泣いた。それは私を殺し得る涙だった。

山崎さんとは、出会わなかったことにしよう。もし、二人目の犠牲者が名も知らぬ警備員だったら、私はここまで痛まなかった。無関係の誰かを殺してしまったという深い後悔を抱えて、自らの浅はかさを呪い、しかしこれほどまでには痛まなかった。

すっかり忘れてしまおう。山崎さんのことを。そして妻以外の全ての人々を。彼らから受け取った愛情、教訓、悪意の全てを。私はまっさらになって、妻だけによって形作られた人形になろう。カンナミ研究員に対して抱いていた冷え切った無感動を、妻以外のあらゆる全てに対して抱こう。妻と共に、良く生き、そして良く死んでいくために。

警察はやはり、イイジマ個体逃亡とそれに伴う二人の死亡を事故と判断したようだった。当たり前だがそのことは報道されなかったし、警察官と話をしたのも当日以外には一度だけだった。無感動に生きる術《すべ》の身に付いた私が、今回のことで得た学びをインストールして頭脳を完全に再起動させるのに必要だった時間は三日。三日間を使って私は、山崎さんもカンナミ研究員もいない世界を無感動に生きられるようになった。

カンナミ研究員が死んで、研究所内は不穏だった。短期間に同じチームが二人も人死にを出しているのだから当然だろう。イイジマ個体が逃げ出したことで所内に湧き上がるであろうと考えていた失望の声も、さらに新しい人間近似個体の育成計画が立っていたことでほとんど聞かれなかった。

そして実験対象を失ったことでもちろん、彼に関する実験の続行は不可能になり、研究チームは解散されることになった。イイジマ個体についての現在までのデータをまとめ終えたら、私を含めてメンバー全員が別の研究チームのメンバーとして再配属され、人間近似個体ではない普通のヌメリヒトモドキを相手に研究を行うことになる。

その頃所内では、私の研究チームに対する残酷な揶揄《やゆ》も囁《ささや》かれているようだった。そんな中、メンバーの誰もがそれに気付かない振り、関係のない振りをしながら、一刻も早く残された仕事を片付けて新しいチームへ向かおうとしていた。

その頃の私は昼食を食べなかった。昼休みに私は一人、ブースに残って仕事をしていた。科学館の屋上にはもう、行こうとは思わなかった。

そしてまた季節が変わって十月。私に対する神の謝罪と受け取る以外にどう解釈しようがあるだろう。それは妻の誕生日、まさしくその日に、私のヌメリヒトモドキの妻は五回目の融合を終えて女王から分裂した。こんな偶然はない。これは明らかに、意図であり啓示だ。私はその時、神を許した。

ヌメリヒトモドキの妻が融合を終えて女王から歩み出てくると、彼女は海岸に立つ私をゆっくり抱きしめ、こう言った。ああな、たあいま。あなた、ただいまと、そう言いたかったのだろう。

あと、一度。イイジマ個体の前例と彼女の進化速度を考えれば恐らく、いやほとんど明らかに、あと一度の融合で彼女は完全に妻の依《よ》り代としての役割を完遂することになる。

私はおかえりの代わりにキスをすると、彼女を車の助手席に乗せて家に帰った。

アニバーサリー、ありがとう、ありがとう、と私は、妻の誕生日であるその日に彼女へ歌った。昨日とプラス今朝までを、あなたと生きてこられたことを。またも死なずに昨日を生きて、今日をも生き始めたことを。生誕、ありがとう、あなたと出会えた必然に、ありがとう。妻の歌っていたその歌を聞くと、ヌメリヒトモドキの妻は曲の調子に合わせて頭を揺らし、手拍子を打ちながら、私の真似をして歌っているつもりなのか、何やらふにゃふにゃ言っていた。

そして私は誕生日プレゼントを彼女に渡す。彼女は私からのそのプレゼント、ケージに入ったジャンガリアンハムスターを見て、嬉《うれ》しさ溢《あふ》れて悲鳴を上げた。彼女はしげしげとその小さな住人を眺め、やがてケージを開くと、手を差し入れてハムスターを摑《つか》もうとする。しかしハムスターは妻の濡《ぬ》れた手を見るとケージの隅に逃げ出し、身を縮めた。彼女はその様子を見て手を引っ込め、おえん、と一言謝った。

もしかするとまた金魚の時のようにばらばらにされてしまうか食べられてしまうかもしれないけれど、まあ、死んだら死んだでまた新しいのを買ってやろうなどと考えていたのだが、融合を終えて知能の高くなった彼女のハムスターに対する態度を見ると、それも杞《き》憂《ゆう》に終わりそうだった。善悪のないただの好奇心ではなく、命あるものへの思いやりが彼女からはっきりと感じられた。人を殺した私が誰かをそんな言葉で評価していいものかどうか分からないけれど。

予想していたことではあったが、ハムスターはやはり彼女に懐きそうもなかった。ヌメリ臭を不快に思わない生物なんていない。彼女は傷つかないだろうか。しかし、彼女はケージの外から愛《いと》しげにハムスターを見つめ、好かれていないことを気に病む風もなかった。その姿は、彼女が傷ついた表情を浮かべているよりもずっと、彼女のためになんとかしてやりたいという私の気持ちを奮起させた。ゴム手袋をしていればもしかしたらハムスターも逃げないかもしれない。その方がハムスターの健康にも良いだろう、臭いの強い粘液で全身をぬめぬめにされるよりも。

私は彼女の腕の粘液を拭《ふ》き取り、肘《ひじ》から先をラップで隙間なく包んで、さらに私が入浴時に使っている壁床のヌメリ臭落としをその上へふりかけてから、ゴム手袋をさせた。ぶじゅ、ぶじゅ、と、後から後から湧いてくる粘液がラップの隙間から染み出してくる。

私がハムスターを手に取るように促すと、彼女は恐る恐る手を伸ばした。ゴム手袋が徐々にハムスターに近付いて、しかしやはりハムスターは彼女の手を避けて壁際に寄る。彼女はまた謝って、ケージから手を出すと私を振り返った。かわいそうに。頭を撫でてやる。彼女は笑って、頭の上の私の手にゴム手袋で包まれた自分の手を重ねた。


五度の融合を果たしたヌメリヒトモドキの妻とのそれからの生活は、全くもって平穏で幸せだった。私の魂は再び、妻と生きたあの頃と同じように生き生きと脈動していた。彼女はまだ完全な妻ではなかったし、本来の持ち主を失って凍りついた我が家の諸々は相変わらず時を失ったままだったが、それでも、あまりの多幸感に熱っぽさすら感じていた私は、奇跡への賛美としてのありがとうとごめんなさいを神にくり返していた。

カンナミ研究員がいなくなったことでヌメリヒトモドキの妻との時間を誰に邪魔されることもなく、夏を過ぎて粘液の腐敗も遅くなり、私を毒する不安など何一つなかった。ただ、最愛の人との再会に対する緊張感からか、ヌメリヒトモドキの妻が完全な妻の魂をその身に宿したところを思うと、ぎゅうっと内臓が身を縮めるような感覚に陥った。

彼女が次に融合欲求を示した時、それが妻との再会の合図。妻の蘇生《そせい》を思いついた頃、ヌメリヒトモドキとの共同生活を想像してみて、それだけで私は嘔吐《おうと》していた。妻との再会の方法がある以上、それを行うことに迷いはなかったが、そこに待っている不快と苦痛を思うと戦慄《せんりつ》した。ヌメリヒトモドキを同じ家に住まわせてまともな精神を保っていられるか自信がなかった。ひょっとすると死をも覚悟しなくてはならないとまで考えたが、まあそれはそれで望ましい結果ではある。しかし現実、私は生きて、狂いもせず、ヌメリヒトモドキの妻との生活も、苦しいのは初めだけだった。彼女がヌメリヒトモドキに似合わない美しさと知性とを得てから、私のこの異常な生活は楽しくすらあった。

だから完全な妻との再会を、全てが報われる時、などと表現することはしない。ヌメリヒトモドキの妻との生活に、それ以上に報われて然《しか》るべき苦痛などありはしなかった。彼女と私が手を繋《つな》いで、それだけで全ては取るに足らない些事《さじ》に沈む。

研究所ではイイジマ個体についての研究報告を全て完了して、正式に私の研究チームは解散となった。メンバーの多くはやっと胸を撫《な》で下ろすことができただろう。私の新しい配属先は元々規模の小さな研究チームで、宛がわれていたブースもかなり小さかった。新規メンバーの途中参入が許されるようなチームだから、たいした研究内容でもないのだろうと思っていたら案の定それは、劇的に目新しい発見が成されるような類《たぐい》のものでもなく、メンバーのモチベーションもイイジマ個体研究チームと比べるとかなり低かった。

私はいい機会だと思って、新しい配属先の研究員全員と顔を合わせてもいないうちに休暇を取った。新しく仕事を始めてしまうと、またずるずる休めなくなってしまう。ヌメリヒトモドキの妻のためにいつか長期で休暇を取るつもりだったので丁度よかった。まあ、イイジマ個体を逃がしたのは私なのだから、その機会も自分で作り出したようなものだけれど。

18

秋から冬にさしかかり、ヌメリヒトモドキの妻と出会ってからほとんど一年が経った頃、休暇初日の夜、私はヌメリヒトモドキの妻を連れ、車で家を発《た》った。彼女にも服を着せて、サングラス、マフラー、フードで顔を隠してある。高速に乗り、サービスエリアには止まらず、走り続ける。

彼女はだらだらと流れる景色から目を離さず、しかし手で私の腕に軽く触れて、視界にはない私の存在をずっと確かめていた。彼女の足元をとめどなく粘液が垂れて、履かせた靴を濡らしていた。助手席の床にだんだん粘液が溜《た》まって、車の振動に合わせてぷるぷると震えている。

窓は開けず、臭いは閉じ込めておいた。空気の入れ替えをしてもよかったのだが、むせ返るヌメリ臭の中でこそ、私と彼女の世界は究極閉じられているように感じる。彼女と私だけを内包して世界は、いつまでもそこにあって欲しかった。

妻の好きだった海を、ヌメリヒトモドキの妻にも見せてやろうと思っていた。当たり前だが宿は取っていない。そのまま夜中に海を見て、翌日の早朝には家に帰るつもりだったし、もし気が変われば車の中で寝てもいい。よく通ったその道の風景を覚えているのか、彼女は時折声を上げて窓の外を指差し、私の腕を引っ張った。

翌日午前一時、目的地へ到着した。変わらずその黒は広大で、辺りは波の音で満たされていた。かなり厚着してきたつもりだったが、それでも暴力的な寒さが体を貫く。私は人がいないことを確認して、妻を車の外へ連れ出した。

顔を覆う物を取り払ってやって、海の方へそっと背を押す。彼女は砂の上をのそのそと駆ける。波打ち際まで行って、ゆっくりと巨大な夜を見渡す。そして私に振り向き、ああな、そう私を呼んで、手を差し出した。

私も小走りに彼女のもとへ行って、差し出された手を取った。彼女の手袋、その中に、はっきりと命の詰まった質量があった。死者のそれではない、現実の肉体が、そこにあった。私は思い直して一度手を離し、彼女の手袋と、私の手袋を外して、直に手を繋いだ。彼女の濡れた手はひどく冷たい。私の手もすぐに冷えた。私はぬるぬると彼女の手の甲を指で撫でて、それから思い切り握った。彼女もそれに応《こた》えて強く握る。ぷちゅぷちゅ、私の手と彼女の手の間から粘液が漏れた。

もう失わない。もう喪失はない。彼女はここにいて、決して死ぬことはなく、確かに私を愛してくれている。彼女がもう決して失われないのだとすれば、この生に一体何を恐れるものが他にあるだろう。いや、ない、皆無だ。ただ、喪失だけが私の魂を殺し得る。

そして私は彼女の顔を見た。

その瞬間、たった今芽生えたばかりの、私の生の強靭《きょうじん》さに対する自負、矜持《きょうじ》、そして万能感は、見る影もなく霧散した。私は、自分の胸が音を立てて痛むのを聞いた。

彼女は、まるで妻のように怯《おび》えていた。その表情は、黒い海を怖がったあの時の妻と同じものだった。望まれない妻の、その顔だった。そこには恐れを知らない無垢《むく》さも、悲しみを知らない純真さもなかった。希望と好奇心と無知が混在した愛らしい熱情が、そこにはなかった。黒い海を見る彼女の顔は、傷つけられ、壊され、ぼろぼろになりながら歳を取った、悲哀に満ちた大人の顔だった。

私は得体の知れない失望の痛みに絶句した。実体の見えない喪失の感触に悶《もだ》えた。私は混乱していたが、事実、私は痛んだ。強く、痛んでいた。私は彼女の手をぐいと引いた。いつもの彼女に戻って欲しくて、固く、手を引いた。彼女は、しかし、相変わらず暗い色の妻をその身に浮かび上がらせたまま、ああなと囁《ささや》いて私の腕をきつく抱きしめた。全く同じく、あの時の妻とまるっきり同じく、私の腕を抱いた。

禍々《まがまが》しく思い出が小波《さざなみ》立つ。それは窒息しそうなほど暗い、思い出だ。それが、ざわざわ、私の意に反して毒々しいほどの極彩色で脳内に再生される。妻が私を大嫌いだと言って、それでもあなたが必要だと泣いた、あの矛盾が、じんじんと熱を持って頭蓋《ずがい》に反響していた。

やがて、ヌメリヒトモドキの妻は私の腕を抱いたまま、少しずつ、少しずつ海から遠ざかった。目の前の海は、出会ってから迎えた最初のクリスマスに見た海でも、彼女と同じ家に住み始めた次の日に見た海でも、妻と結婚して初めての彼女の誕生日に見た海でも、どんな楽しい日に見た海でもなく、妻が病院から出られなくなる直前に見た、最後のあの海だった。

私はヌメリヒトモドキの妻に半分引きずられるようにして車へ戻った。助手席で自分の体を抱いている彼女を見ると、目が合った。何かに耐えている目だった。私のことを嫌っているのだろうか、あの時の妻と同じように。私によって苦しめられているのだろうか、あの時の妻と同じように。いや、やめろ、私の中の彼女の空白を勝手な色で塗るのは。でも、仕方ない、仕方のないことだ、彼女は言葉を持たないのだから。

私はアクセルを踏み込んで、急いでその海から遠ざかった。彼女にとってはもう、その海に他のどんな意味もなかったのだろう。それは恐怖の対象でしかなかった。全ての幸福を上書きして、そこにはただ恐怖だけがあった。

家に帰り、私は彼女を抱いて眠った。私を強く抱き返す彼女の表情は、いつの間にか子どものようなそれに戻っていた。

休暇中は様々、妻と行った場所へヌメリヒトモドキの妻を連れて行こうと考えていたが、海から帰って私は、それをしなかった。彼女に妻の話をすることもなく、一日中ずっと粘液の家で彼女のことを見つめていた。彼女は私と見つめ合うこともあれば、ハムスターを眺めていることもあり、床でべちゃべちゃと寝転がっていることもあった。私は考えていた。彼女の進化の行く末について、深く。考えはまとまらず、いつしか疲れて眠り、目が覚めて、また彼女を見つめながら考えた。

何十時間そうしていたのか、何度目の眠りだったのか、私は彼女の生ぬるい手の感触を頬に感じて目を覚ました。ああな、あむすあーのおはん。何のことかわからず聞き返すと、彼女はもう一度同じことを言ってハムスターのケージを指差した。体を起こしてケージを見に行ってみると、エサ皿の中が空だった。

私は彼女にお礼を言って褒めてやった。彼女は照れたようにも見える表情で微笑んで、私を見上げていた。おはん、おはん、あやく、あむすあーにおはん。私は袋からペレットを出して、エサ皿の中に入れた。すぐさまハムスターが出てきて、ペレットを手に取り、もそもそと齧《かじ》り始める。ヌメリヒトモドキの妻は、ケージの前に屈《かが》んでその様子を眺めている。私もその隣にしゃがんで、しかしハムスターではなく彼女の顔を、覗《のぞ》いた。

そして私は、力なく腰をついた。彼女の表情は、まさしく、妻だった。存在しない我が子をその小さな命に投影して、どこかに薄くその自覚を持ち、深い悲しみの中で愛玩《あいがん》の目を向けるその切なげな表情は、完全に妻のものだった。

勘違いかもしれない。ただ、ハムスターが自分に懐かないことを悲しんでいるだけで、妻の記憶がそうさせているわけではないかもしれない。私は必死でそう思い込もうとしたが、しかし真実がどうあれ、結果的にそれは私に、ある自覚をもたらした。

いつの頃からだろう、一体どうしてそうなってしまったのか。それは絶対に許されない、許されないはずだ。それなのに、もう、どうしようもなく、私は、生前の妻、本物の妻ではなく、ヌメリヒトモドキの妻をこそ、愛してしまっていた。

私はヌメリヒトモドキの妻の顔面を摑《つか》み、後ろから思い切り抱いた。彼女は突然のことに戸惑い、私の手の中でむぐむぐ呻《うめ》いて私の腕をぽんぽんと叩《たた》いた。私は泣いていた。人の道理を逸脱した慕情を殺せない自分の気持ちが恐ろしかった。彼女の中で本物の妻の精神が育っていって、今の彼女が失われることが恐ろしかった。彼女を愛していることを否定したい気持ちと、彼女が失われることを阻止したい矛盾したその気持ちとが、徹底的に私を打ちのめした。私は大声で泣いて、彼女を放さず、彼女はいつしか私の腕を叩かずに撫でていた。まるで慰めるように。

疑いようもない。あの海で、彼女の中に現れた暗い色の妻を見て、私は明らかに絶望を覚えた。私は、私をも苦しめていた妻の茫漠《ぼうばく》が恐ろしかった。たぶん、昔からそうだったったのだろう。私は、完璧《かんぺき》に過去を再現した妻を、既に求めてはいなかった。もう、十分だ。今、私のヌメリヒトモドキの中にある妻だけで、私は十分に満たされている。

みちゃみちゃと糸を引きながら、私の手が彼女の顔から離れると、すぐに彼女は私の顔を見上げて、腰に手を回した。いつもの彼女がそこにはいた。ただただ愚直に、私のことを愛し、信じる彼女だ。どんな悲しみにも苦しみにも汚されていないまっさらな彼女だ。私はほっとして、彼女に深くキスした。そしてハムスターのケージとクローゼットに入った妻の髪を持ち、乾いた服に着替えて、粘液塗《まみ》れの髪にタオルを巻いて、一応体裁を整えてから家を飛び出した。

コンビニのゴミ箱に妻の髪を捨て、ハムスターをケージから逃がし、ケージもゴミ箱へ突っ込む。ヌメリヒトモドキの妻を手放したくなかった。内側から生前の妻に侵されていく彼女を、なんとしてでもそのままの姿で側に置いておきたかった。その時、妻の影と別れることに、私は全く悲しみを感じなかった。

帰り道、一匹のヌメリヒトモドキに遭遇する。でっぷりとした不細工な胴体で、手足が極端に短い。腹這《はらば》いで芋虫のように蠢《うごめ》くそいつは、私がヌメリ臭を濃く纏《まと》っているせいか、私を見ると、ずるずる、這い寄ってきた。なんて下品な命だ。なんて卑しい命だ。私はそいつの顔を蹴《け》り飛ばした。ヌメリヒトモドキの妻が、それと同じ種類の命であることが、その時の私を深刻に苛立《いらだ》たせた。私は何度もそいつを蹴った。

休暇が終わっても、私は会社に行かなかった。彼女の側を離れたくない。子どものようにそう思って、子どものように実行した。そうしていきなり研究員が来なくなるのは、私の職場では珍しいことでもない。多くの者が精神を病み、姿を暗ましてきた。私が同じように消えても誰もが、またか、としか思わないだろう。

私は少しの物を食べ、少しの間眠り、それ以外は彼女とただ抱き合って一日を過ごした。いつしか私は裸だった。妻の影を抱いていた、あの時のように。服が重く、冷たく、肌に張り付く感覚が消えて心地良かった。粘液に覆われ、全身を彼女に触れられているようだった。ハムスターが家からいなくなって、彼女が妻の暗い色を表すことはなくなった。ずっと彼女は私の望む彼女だった。

このまま死んでいきたい。彼女の粘液に溺《おぼ》れて歳を取り、やがて死んで、天国になんか行けなくていいから、ただ、その後はただ単に、無になりたい。彼女との愛に死んで、それっきりでいい。だって天国に彼女は来ない。不死身の彼女が、私の死んだ後、一人きりでその永遠を生きることになるのは心苦しかったが、でも、許してもらう他ない。

彼女はどんどん人に近くなっていって、粘液に塗れてヌメリ臭の染み込んだ私はまるでヌメリヒトモドキで、私達は、人とヌメリヒトモドキの間で一致して、抱き合っていた。そしてキスしていた。いつまでもその狭間《はざま》で、二人っきりが良かった。しかし、ヌメリヒトモドキ研究者である私は、その望みが叶《かな》わないことを知っている。

19

十一月、私はまた一つ、死に歩み寄る以上の意味もなく歳をとって、それから数日後、彼女は融合欲求を示した。私は何度も彼女に言い聞かせた。決して融合してはいけないと。融合すれば私からの愛情を失うことになると。

彼女が私の言葉の全てを理解したかどうかはわからない。しかし私の意思は伝わったのだろう、彼女はそれから必死で融合欲求に耐えていた。日が経つごとそわそわと落ち着きがなくなり、良くしゃべるようになり、私が目を離すと、震える手でべたべたと窓を叩いていることもあった。

この程度で済んでいるうちはいいが、もし、このまま耐え続ければ、いつかはイイジマ個体のようなありさまになり、私への愛など欲望が押しつぶして家を飛び出すだろう。しかし、だからと言って私に何かできるわけではない。ただ、耐えてもらうしかない。私への愛情を糧に、ただ忍んでもらうしかない。

そんな彼女があまりにも哀れで、しかし一方で、この上なく扇情的にも見えた。女王との融合を果たせないことで彼女がいかなる渇きに苦しみ、飢えに喘《あえ》ぐのかわからないが、それはいつしか彼女にもいつかのイイジマ個体のような怪物染みた狂態を演じさせるほどに、根源的で抗《あらが》い難いものなのだろう。

彼女の人間の部分は、自分が尋常ならざる献身と巨大な愛情とに満たされていることを知り、それに応《こた》える喜びが無上のものであることを知り、人間としての幸福感が私から与えられていることを知っている。しかし本能が——ヌメリヒトモドキとしての生理が、融合を欲望して狂おしく渇く。心は私への愛慕でいっぱいなのに、体が女王を求めて、しかし私は融合を許さなくて、だから苦しくて、苦しくて、苦しくて——。こんな扇情的な葛藤《かっとう》が現実、他にあるだろうか。

私は悶《もだ》える彼女を抑えるように抱いて、キスをして、励まして、そして、彼女の苦痛を味わう。彼女は意味もなく声を上げ、体を震わせ、今にも泣き出しそうな表情で私に媚《こ》びる。それでも、だめだ。もう、彼女に融合を許すわけにはいかなかった。

ある日、久しぶりに私は風呂《ふろ》を浴びて、真っ当な人間として外出した。食料が尽き始めていたからだ。取り付けておいた新しい鍵《かぎ》を外側からしっかり掛けて、極めて迅速に、大型スーパーで大量の食料を買い込んで家に戻る。

逃げ出してやいないだろうかという不安で潰《つぶ》されそうになりながら家に飛び込み、彼女の姿を探すと、彼女がキッチンで包丁を握ってぼうと立っているところに出くわした。私の姿を見て彼女は包丁を落とした。刃の先端を下にして彼女の足の甲に当たるが、刺さらず床に倒れる。彼女は驚いたような顔で私を見つめ、私も呆気《あっけ》に取られて彼女を見ていると、やがて彼女はすとんと床に膝《ひざ》をついた。そしてそのまま私に擦り寄ってきて、腰に抱きつき、私の腹に顔を埋《うず》める。

私の血管を、寒気のするような情欲が駆けた。この愚鈍で従順なヌメリヒトモドキの妻は、あの刃物を手に何を思っていたのか。人を殺し得るあの得物を手に、何を思っていたのだろうか。

私を殺そうとはっきり考えていたかどうかはわからないが、何にせよ咎《とが》められて然《しか》るべきことをしている——主人にとって都合の悪いことをしている、そういう自覚はあったに違いない。だから、こんなにも慌てて、こんなにも媚びている。もう融合せずにはいられないから、だから、この愛情を失うくらいだったら、いっそ殺してしまおう、そう思ったのかもしれない。なんて人間的で、不合理な心の仕組みを——なんて蠱惑《こわく》的で、生々しい精神の働きを、手に入れたのだろう、彼女は。

私は彼女の海草のような髪に指を沈ませ、ゆっくりと、その指を滑らせた。腰を抱く彼女の力が強くなる。髪を握ると、ぐじゅぐじゅ音を立てて、指の間から粘液の塊が漏れた。

それからさらに数日、彼女はほとんど限界を迎える。その頃の彼女は終始体を震わせて、時々爆発するように、奇声を上げながら家の物を壊した。私は泣きながら、彼女を再び浴室に閉じ込めた。

　風呂にまるで似つかわしくない重厚な扉の向こうで、彼女が暴れ、喚《わめ》く音がしていた。私は冷たい扉に手を当て、耳を当てて、彼女の存在を貪《むさぼ》った。伝わる振動、音、臭い、全てで彼女を貪った。彼女の姿が見えない、彼女と触れ合えない、それが辛《つら》かった。しかし、私が見えなくなったことで扉の向こうで自制を失《な》くし、いよいよ人間らしさを剝《は》がされ、尊厳を溶かされながら怪物になっていく彼女の泣き声が、深く、深く私を昂《たか》ぶらせた。

　堪《こら》えきれずに、しかしどう発散していいかもわからず、私は床に落ちている彼女の粘液を両手で掬《すく》い、それを飲んだ。巨大な痰《たん》のような食感、濃縮した生魚の強烈な臭み、それらはしかし私の嘔吐《おうと》を誘わず、欲望に喘ぐ彼女の叫びの中で、私は今まで味わったことのない恍惚《こうこつ》に酔っていた。彼女を失わないために解決しなければならない問題が山積みだったが、そんなことも全てどうでもよくなるような快感だった。

　私はこんなにも、こんなにも彼女への愛に隷属している！　そして愛への隷属は、神の名において、何よりも尊ばれるべきものとしてこの世に存在している。だからそれによって私は、殺人の罪も、人の精神を蘇生《そせい》しようとした罪も、妻への愛を捨てた罪も、全てが赦《ゆる》されていくのを感じた。私は彼女と触れ合えない孤独をそうして癒《いや》し、あらゆる懊悩《おうのう》を無意識の領域へ追いやり追いやり、粘液を食べ、洗面所で寝ては覚めた。

私はいよいよ、自分が人ではなくなっていくのを実感していた。

浴室への監禁から三日と経たずに、今度は私が限界を迎えることになる。ヌメリヒトモドキの粘液しか食べず、激しい下痢をして、それでも栄養を取り直すこともせずに、私は衰弱していた。しかし、限界は体ではなく、心に訪れていた。もう、彼女の顔すら見られない状態には耐えられない。

浴室からは、彼女の絶叫と、激しく粘液の弾《はじ》ける汚い音とが絶えず聞こえていた。さすがに音が近隣に漏れているんじゃないかと思ったが、我が家は一般的に見れば相当に値の張る部屋で防音はしっかりしているし、浴室の扉も厚いし、今のところ苦情もきていないのだから平気だろう。もしかしたら薄々気付いてはいて、しかしあまりの不気味さに誰も指摘できないだけかもしれないけれど。

私は扉越しに感じる彼女の異常な気配だけを慰みに、粘液を食べ、扉を開けてしまいたい衝動をなんとか抑え込んでいた。彼女の濡《ぬ》れた体を抱きしめたかった。彼女の強い香りを吸い込みたかった。しかし、彼女を浴室から出してそれをしようとした途端、もしかしたら、私は彼女に殺され、そうでないにしても、彼女は私の制止を振り切って確実に女王のもとへ向かうだろう。それでもどうにかして状況を変えないと、彼女と私はずっとこのまま、彼女の湿度すら通さない分厚い扉に隔てられて生きるはめになる。

その時の私が、普段の研究者としての客観的で冷静な視点を保っていたかと問われれば、断じてノーだろう。誰しも自分が慕情に溺れる様は主観でしか捉《とら》えることができない。客観を失った私は、こう考えた。彼女と一緒に、浴室で暮らそう。そうすれば遠からず私は彼女に殺されるだろうが、構わない、全く。ただ無に還《かえ》るだけなら、死など怖くはない。喪失を感じなくて済むのなら、怖いものなど何もない。ほんの刹那《せつな》でも、彼女と生きているうちにもう一度抱き合えたなら、それでいい。

そして、私は弱く震える指で扉の鍵を全て、外した。

考えれば馬鹿な話だ。浴室に入ったところで、私は一体どうやって外から鍵を掛けるつもりだったのか。他人を求める力とはかくも自身を愚かにするものか。しかし、ではあの時他にどうしていればよかったか。いや、選択肢など他になかった。彼女と扉の厚さ分の距離隔てられたまま生きることなど考えられないし、そもそも、いつかは浴室の扉も破られていただろうし。実際、あそこで私が扉を開けようが開けまいが、あまり状況に変わりはなかっただろう。

他の選択肢が取り得たとすれば、もう少し前。彼女が融合欲求に負ける時は必ず来るという現実から目を逸《そ》らさずに、浴室の内側から鍵を掛けられるような何かしらの仕掛けを、あらかじめ時間を掛けて施しておけばよかった。初めから、死を覚悟で、彼女と浴室の中で暮らす用意をしておけばよかった。

まあ、意味のないことだ。後悔にはそもそも意味がないし、反省だとしても今となってはそれを次に活《い》かす機会などない。現実私は彼女の融合欲求がどうやっても抑え難い状態になるまで状況を放置していて、全くもって愚かしいタイミングで浴室の扉を開けてしまった。それだけだ。

私が浴室の鍵を外したその瞬間、彼女の放つ湿度と臭気の内圧で爆発したかのように、浴室の扉が凄《すさ》まじい勢いで開いて、私を強《したた》かに打った。あまりにも尋常ではない勢いで激突されたせいもあるだろうし、私が体力的に弱っていたせいもあるだろう。そうして私は気を失った。

どれくらいの時間そうして眠っていたか分からないが、意識を取り戻したのは夜だった。内臓をぐちゃぐちゃにかき混ぜられたような気持ち悪さに腹がぱんぱんで、頭が心臓の脈動に合わせてずきずきと痛んだ。床を覆う彼女の粘液に大げさな量の私の血が混じっていた。体に傷はなさそうだ。顔を触ると固まった血の感触がする。鼻と額から出血したらしく、鼻血はまだ止まっていなかった。流れ続ける鼻血が、そんなに極端な血化粧を床に施したようだった。

立ち上がると、頭痛が増して、激しく嘔吐した。しかし口からは何も出てこない。胃を吐き出そうとしているかのように、ただ格好だけの強い嘔吐がしばらく続く。不自然なくらい手が震えていた。

私はあまりにも激しい頭痛に意識を奪われそうになりながら、必死で服を着て、家を出て、車に乗り込んだ。ハンドルを握っても力が入らず、おまけに粘液でぬるぬると滑る。私の頭の中はとにかく、彼女を連れ戻さなくてはという使命感で支配されていた。こんな状態で無事に女王まで辿《たど》り着ける自信はまるでなかったが、それでもやるしかない。彼女を失うことはもう、今の私には、それがまるっきり死と同義なのだから。道中で死ねばそれもまた正しい結末だ。

時間は敢《あ》えて確認しなかった。車通り、人通りがほとんどないことからも夜明けの方が近い深夜であることは明らかで、私はかなりの時間気を失っていたと推測できた。彼女が女王との融合を果たしてしまった可能性は高かったが、しかし私は彼女がまだ女王には到着していないと思い込みたかったし、だから時間を確認することができなかった。もしかしたらという希望を翳《かげ》らせたくはなかった。私の考えは推測の域を越えないままでいて欲しかった。私はただ意識をしっかり保つように自らを奮い立たせ、アクセルを踏み込んだ。

女王が鎮座するいつもの海岸に到着して、私は運転席から転がり出た。砂浜を走って、辺りを見渡す。ちらほらとヌメリヒトモドキの姿は確認できたが、どれも彼女ではなかった。まだだ、まだ彼女はここに到着していない。

彼女がやってきた時すぐ取り押さえに向かえるように、私は女王を背にして立った。冬の海風が粘液滴る私の体から、無遠慮に温度を掃《はら》っていった。立っていることができなくなって私は砂浜に膝《ひざ》をつき、相変わらず鼻血は止まらず、時折形骸《けいがい》化した嘔吐をくり返して、それでも意識だけは保ち、彼女を探した。

その時の私は確信的に、彼女が女王に融合してしまったということを悟っていた。だから私は神を罵《ののし》った。思いつく限りありとあらゆる罵詈《ばり》雑言《ぞうごん》で神を貶《おとし》め、蔑《さげす》み、卑しめた。一度ならずこんな悲劇的な喪失を与えられなくてはならないほどの、私が犯した罪とは一体何だと問うた。しかしたとえどんな罪があるにせよ、それは全てあなたがかつて妻を救ってくれなかったことが原因じゃないかと泣いた。

私は昔、あなたが私達を見ていないと考えていたが、それは違った。私は、あなたがはっきりと私のことを見ていると確信した。運命だとか、因果律の起源だとか、宇宙の設計者だとか、そんな風にも呼ばれるあなたの存在を、私は確信した。あなたがいないならば、私だけの身にこんな災厄が降りかかることの説明がつかない。

こんな悲劇、偶然ではあり得ない。いや、喜劇のつもりなのか、神よ、あなたは、私のことを見て、そして戯れに甚振《いたぶ》って楽しんでいるのだろう。私が痛み、苦しみ、嘆くのを、無邪気な子どもほど残酷に楽しんでいるに違いない。

「あなた、ただいま」

背後で、妻の声がした。うっすらとわずかに、空が明るくなり始めていた。

私は振り向く。そこには妻がいた。妻の体、妻の記憶、妻の魂を宿した、完全人間近似個体のヌメリヒトモドキがいた。それは私のヌメリヒトモドキではなかった。それはヌメリヒトモドキの妻ではなかった。かつて私と恋人で、夫婦だった、本物の妻だった。私を強く憎み、私に溺《おぼ》れていた妻だった。望まれない色で半分染められた、もう、私にとっては要らない妻だった。

私の希望の、ささやかで慎ましやかな最後の一欠片《かけら》が、神のおみ足によって、残酷に、踏み砕かれた。私は自分を形作る全ての性質から解き放たれ、その時の私は、大人でもなく、男でもなく、ヌメリヒトモドキ研究員でもなく、夫でもなく、人間であることすら忘れて、悲しみの限り泣いた。人からどう見られているかという客観が、完全に崩壊していた。だからそこに誇りは存在しなかったし、体裁は存在しなかったし、尊厳は存在しなかった。私はただ単に悲しくて、ただただ単純に悲しくて、純粋な主観の世界に——悲しみで覆われたその世界に、埋没して、泣いていた。

まるで涙は止まらず、そんな私を見て妻は私を抱きしめようとした。やめろ、誤解だ。そんな理由で泣いているわけじゃない。そんな優しさなんて私は求めていない。私は妻を突き飛ばし、私のヌメリヒトモドキを返せと叫んだ。私の言葉を聞いて妻は目を剝《む》き、そして数瞬の間、張り詰めた沈黙、その中で私の泣き声だけが静寂を否定する。

私は自分の気持ちを吐露した。過去、妻の持つ暗い色へ恐怖を抱いていたこと、そして今となってはもう全く妻を求めてはいないこと、私が愛しているのは、一人、愚かしく私を求めることしか知らないヌメリヒトモドキの妻だということ。

妻は驚いているようだった。驚きもする。記憶に刻まれている私の献身が、まさか自分へ向けられたものではなかっただなんて――自分を蘇《よみがえ》らせるという目的のために行われていた私の奉仕が、まさかそれ自体が既に目的に変わっていたなんて。

妻は嚙《か》み砕き、溶かし、吸収して、私の言葉が――態度が――涙が、意味している私の気持ちを、ようやく理解したようだった。その後、妻は激昂《げっこう》して何やらごちゃごちゃとうるさくまくし立てていたが、私には聞こえなかった。永遠に失われてしまった彼女を想って、私は泣き喚《わめ》いた。

妻が私の肩を摑《つか》む。大声を上げ、潰《つぶ》そうとするように強く、摑む。私はそれを振り解《ほど》き、一言、たった一言、妻に吐き捨てた。その一言は、曲がりなりにもあの妻と恋人で夫婦だった私だけが知っている、彼女を最も効果的に傷つけることのできる言葉だった。正体のわからない巨大な不安に苛《さいな》まれ、愛する人を憎むという葛藤《かっとう》の中で疲弊し、混ざらない二種類の精神によって押し潰され、子どもが産めず、料理が下手で、死ぬことを怖がっていた、あの妻をこそ、決定的に傷つけ、侮辱することのできる言葉だった。それだけで人を救うことのできる一言など存在しないが、それだけで人を壊すことのできる一言ならば確かに、存在する。

私の言葉を聞いて妻はしばらく呆然《ぼうぜん》と立ちすくんでいたが、しばらくして、ゆっくり、私に近寄って、そして私を押し倒し、馬乗りになると、両手で私の顔を塞《ふさ》いだ。私はもう、抵抗しなかった。何もかも意味をなくした。私を生に縛り付けるものは既に、何一つない。人間離れした力で、ぐいぐいと、砂浜に押し付けられる。うなじに冷たい砂の感触がした。鼻の中に、口の中に、粘液が流れ込んできて息ができなくなった。妻はもう人殺しの表情で、そうか、やっぱり、この人は愛するに値しなかったのだなあと、私は静かに考えていた。彩本ユウリも、カンナミ研究員も、私と同じ光景を見ただろうか。ヌメリヒトモドキに殺されると、その死の瞬間、魚の死骸《しがい》が浮く腐った海の夢を見る。

私はそこで死んだ。妻に殺されて死んだ。

一般的に見て長い人生ではなかったが、あのあまりにも濃厚な二度の喪失を考えれば、私には自分の人生がいささか長過ぎたようにも感じられた。後悔はたくさんあった。あの時こうしていればもう少しましな人生だったんじゃないだろうか、と考えることだ。ただ、遣《や》り残したことは一つもなかった。もう、お腹一杯だ。もし、過去を修正できるのならそうしたかったが、もう少しあの人生を生きたいかといえば全く、生きたいとは思わなかった。全て、十分だ。何もかも十分に味わった。ただ静かに、眠りたい。ありとあらゆることから解放されて、無になりたい。私はもう、誰かを求め、愛することには、ほとほと、疲れ果ててしまった――。

20

私が死んで、そして次に目を覚ました時、そこは死んだ時と同じ海岸で、目の前には完全人間近似個体の妻がいた。

アニバーサリー、ありがとう、ありがとう、と妻は歌っていた。昨日とプラス今朝までを、あなたと生きてこられたことを。またも死なずに昨日を生きて、今日をも生き始めたことを。生誕、ありがとう、あなたと出会えた必然に、ありがとう。

矛盾だらけ、嘘だらけになってしまったその歌を、その時、妻はいわば皮肉として機能させようという意図で歌っていたらしい。

「おかえりなさい、久しぶり。あなたが死んでから、もうほとんど一年よ。あなたにとってはあっという間だっただろうけど、私は待ちくたびれた」

振り返ると、すぐ目の前に女王があった。見下ろすと、私は裸で、肌は青白く、全身余すところなく粘液で覆われていた。前髪を摑んで引っ張ると、まるで海草のような見てくれのそれが見えた。そしてきっと、瞳《ひとみ》は青いのだろう。彼女に殺される前までの痛みや不快さはきれいに消えており、寒さも感じなかった。

「これでおそろい、私と、あなたと。私達は憎み合って、だからここでお別れね。これから続く永遠の中で、あなたはずっと独りぼっち。私、こんな体で生き返させられて、とても怒っていたけど、この一年、あなたでじっくり楽しませてもらったら多少はすっきりしたよ、ちゃんと記憶にあるでしょ。これで、あなたも、そんな体で生きなくちゃいけなくなったんだし。私はこれからたくさん旅行するの。歩いて色んなところに行くよ。女王は世界中にいるから。あなたは、いつも、一人じゃ何もできないから、ただ震えていてね。もう、あなたを流してくれるものは何もないよ。融合欲求くらいだね。だから、あなたはずっと独りぼっちで、暗い場所で人から隠れて、ずっと、震えていてね。どうか、あなたはずっと不幸でいてね。ずっと嘆いて、ずっと後悔していてね。それだけが私の、心からの、最後のお願いよ」

まさか、私がこっち側になるなんて。今だったら、イイジマ個体の言葉に、実にしみじみと共感できた。私が朽ちた肉体側じゃないなんて。私が眠りを得た魂側じゃないなんて。まさか、私が、永遠の命として生きる側だなんて。

「ヌメリヒトモドキって、生きていないなら髪とか爪以外にもみんな、食べちゃうんだね」

妻はヌメリヒトモドキに良く似合ういやらしい笑いを浮かべて、私の腹を指差した。

「ねえ、自分の死体を食べるのってどんな気分だった？　覚えているでしょ？」

もちろん覚えていたが、私は答えなかった。自分の死体が壊され、小さくなっていくのを見つめ、しかもそれを自分自身で、自分の意思で食べるその気分を、どうやったら説明することができるだろう。いつまでも無言の私を置いて、やがて妻は姿を消した。私の体は何も感じていなかった。粘液の感触も、その臭いも、海風の冷たさも、足の裏にあるはずの砂の感触も、全く感じない。何も、感じなかった。

それ以来、彼女には今まで一度も会っていない。もしかしたら捕まって、彩本個体のようにどこかの研究所の奥深く、実験材料として飼われているかもしれない。もしかしたら言葉通り、歩いて世界中を旅しているのかもしれない。

私の持つヌメリヒトモドキの記憶には、進化度の低い私を捕まえてきた妻が、人間の私の死体を分解したものを餌に、私を完全人間近似個体にしようと教育する様が克明に刻まれていたが、その様子についてここで記述することは避けよう。本物の私が死んでから今の私が産まれるまでのその一年でわかったことは、妻もまた、私の最も嫌悪する部類の人間であったということだけだ。

生まれ変わってから今の今まで、私は逃げのびている。イイジマ個体や彩本個体のように実験対象にされるのだけは嫌だった。人目を忍び、静かに、静かに、暮らしている。幸い、食べることをしなくていいし、眠ることをしなくていい。女王との融合時だけ気をつける必要があったが、人間の立ち入れない場所でじっとしていればいつまでもそうしていられるのだから、まず見つかることはない。

妻の最後の願いを聞くつもりはさらさらなかったが、やっぱり彼女は私をよく知っている。自分を流してくれるものが何もなくて、結果、私は妻の言った通り、暗がりで一人、じっと、ただじっと、孤独の中に生きている。

そういえば、その後イイジマ個体とは一度だけ、偶然顔を合わせたことがあった。私は懐かしさもあり、同じヌメリヒトモドキ同士で親近感も湧いたが、彼は一通り私を侮辱し、嘲笑《ちょうしょう》して満足するとすぐに去っていった。それもそうだ。あざ笑わずにはいられないだろう、当然だ。特に私は、ヌメリヒトモドキである彼を見て優越感に酔っていたのだから。

残された悠久の時間の中で、私はこの手記を書き、私の身に起こったことをこうして形にした。いや、正確には私の身に起きたことではないのだけれど。私は本物の私の記憶を所有したヌメリヒトモドキでしかなく、私の覚えている経験は、全て私ではなく、人間である別の私が体験したことだ。まあ、細かいことだ。私がこうして手記を書いている以上、同じ精神を持つ彼も、つまり、人間である私も、同じようにこうすることを望んでいるだろうから。

かといって、これに目的があるわけではない。ただの自己顕示だ。私らしくない試みではあったが、人間の頃のように、ただ何もしないで流され、生きるだけでは、今の私の生はあまりにも膨大過ぎる。かつては諦《あきら》めていたが、今の私にはいくらでも時間がある。自分の考えを言葉にするために、私が人一倍必要としている、その時間が、いくらでも。

ただ、この生の時間は今の私にとって――生を共有したいと思える人を決定的に失った私にとって、単に苦しみでしかなかった。この時間に何をしようと、何を考えようと、苦しみをわずか、薄めるくらいの意味しかない。

しかし、最近になって私はその考えを改めた。よく考えれば、何も変わらないじゃないか、と。かつて本物の妻が死んで、それからヌメリヒトモドキの妻と出会うまで、私はただ、死んでいないから生きていた。意義もなく、哲学もなく、全自動で生命活動を営んでいた。味も感じず、感動も覚えず、眠りは短く。今とそれほど変わらない。むしろ、生きることの労力と、それを怠った時の苦痛から解放されたことには感謝するべきなのかもしれない。

ただ一つ私を苦しめるのは、塗り潰《つぶ》すべき白が無限に広がったこと。ただ、それだけだ。

第18回日本ホラー小説大賞

◎受賞作

◆大賞　該当作無し

◆長編賞『なまづま』　堀井《ほりい》拓馬《たくま》

◆短編賞『穴《あな》らしきものに入る』　国広《くにひろ》正人《まさと》

選考委員：荒俣宏　貴志祐介　高橋克彦　林真理子　（五十音順）

受賞の言葉

堀井拓馬

今回の受賞において何よりも私が嬉《うれ》しかったのは、家族とそして友人らが私のことを誇りに思ってくれていると改めて実感できたことです。お金や物は運だけでも手に入ることがあるかもしれないけれど、人間関係だけは自分の人格と努力以外に手に入れる方法はないと人生の節目に母から教えられて四年と数か月。友人らの温かな祝福によって、自分がどれほど良き友に恵まれているかを知るたびに、私は母の言葉を想い起こします。母の教えとたくさんの祝福の言葉が、私の積み上げてきた哲学と努力とを肯定してくれているように感じられるのです。私の受ける祝福は私を育ててくれた人々への賞賛でもあるので、今はただ心から、両親や祖父母、友人、母校、地元へ、感謝しています。

本当に、ありがとうございます。

選考過程で「なまづま」を読んでくださった方々を始め、共に語らい成長してくれた友人達と、私を深く愛してくれている家族に。そして、大きな不安もあったはずなのに、いつでも私の能力を信頼し、意思を尊重し、私が歩きたいと望む道を行くその時に強く背中を押してくれた母へは特別深く、感謝しています。

第18回日本ホラー小説大賞　選評

大賞出ずも意欲作はあった

荒俣　宏

長編、短編を問わず、候補作全体に流れるトーンは、喪失感である。しかし、一時期多かったペシミスティックな方向や残虐性は多少影をひそめ、「喪失したものの奪回」を論理的ないし理性的に遂行しようという挑戦意欲が感じられる。各作品で展開されるその奪回方法を、頼もしく、興味深く、読ませてもらった。

長編では、「なまづま」に描かれた「亡き妻を奪回しようとする異常な意志」の迫力に感心した。この作品にはホラーの生理と心理を真正面から記述しようとする覚悟がある。ヌメリヒトモドキという全身粘液に覆われた怪生物は、不死であるばかりか、人の記憶を宿すことで外形もその人の姿に「進化」する能力をもつ。主人公はこの生物に妻の記憶を与え、進化の果てに完全な妻の姿に変わることを画策する。しかし、粘液まみれの怪生物が完全な妻に進化する途中の同居生活において、主人公はその進化を阻止せねばならなくなっていく。この逆転するプロセスも非常に興味ぶかく、死が迫るにつれて恐怖や嫌悪にさいなまれ出す妻と、不死であるためにその恐怖感をもたない偽の妻＝怪生物の進化形とに向けた「愛憎」感覚が変化するのだ。とはいえ、文章がきわめて読みづらく、しかも延々と続く。よく言えば、ヌメリヒトモドキの生態と重ね合わせるがごとき粘りつくような文章だが、悪文のそしりは免れない。この文体を最後まで押し通したことをむしろ評価したが、おおかたは大賞の水準に達せずとの評価だった。いっぽう、「溝のなか」は肝心の溝が活用されていないこと、「テトラヒドロン――三角錐――」はグノーシスなどの神秘思想が現状の社会とすこし遊離してしまうこと、「失う時のための予行演習」は宇宙人の扱いがまだステロタイプを脱していないことで残念な結果となったが、読ませる技巧は「なまず」を超えていた。

短編では、「穴らしきものに入る」が秀逸で、さながらナンセンス・パントマイムでも見るような「視覚に訴える」コントだった。しかし、最後のコンセントの中に入る部分は安易だった。たとえば電流という「穴らしきもの」の中で体がどんなトリッキーなポーズを見せるかを、想像力の限りを尽して見せてほしかった。他の四編もそれぞれに自信のアイデアを繰り出して読ませたが、新鮮さと軽やかさで一歩届かなかった。個人的には「一座の花」の作者がもつ見世物への関心を応援したい。江戸川乱歩に通じる世界にあこがれるなら、いったんホラーの視点を棚上げし、本格的に巡回サーカスの歴史などを探ってみることをお勧めする。

第18回日本ホラー小説大賞・選評

貴志祐介

二度目の選考会だが、今回の特色は「奇譚《きたん》」が多かったことで、暗い話が目立った昨年とは好対照だった。すべての作品について短い感想を記したい。

「溝のなか」は手練《てだ》れの作品で、上手《うま》くまとめているが、「溝」へのこだわりが不徹底で、アイデンティティに関する話と泣かせる結末がリンクしていないのが、焦点をぼやけさせたような気がする。

「失う時のための予行演習」は、私が最高点を付けた作品で、幼い頃にエイリアン・アブダクションを経験した三人のエピソードが、それぞれ読ませる。ディーン・R・クーンツの『ストレンジャーズ』を彷彿《ほうふつ》させると言ったら褒めすぎだろうか。残念ながら、結末がハリウッド的であることと、恐怖を感じさせないという指摘があり、受賞には至らなかった。個人的には、この人の筆力には瞠目《どうもく》したし、恐怖より面白さ優先のモダン・ホラーでは、このレベルなら充分顕彰に値すると思うのだが。

「なまづま」は、四人全員が高く評価した作品で、作者の若さとエネルギーがプラスに作用し、荒唐無稽《こうとうむけい》な話を悪夢のような作品世界に昇華させている。ただ、文章に乱暴さが感じられたことと、ラストに至る妻との関係性と倫理性が納得しづらいという指摘から、大賞ではなく長編賞にとどまった。とはいえ、インパクトでは過去の大賞作品に優《まさ》るとも劣らないので、これを機会に大きく羽ばたいてもらいたい。

「テトラヒドロン―三角錐―」も文章に安定感があった。前半は期待させたが、三人の登場人物が、それぞれ過去に同級生を死なせた過去があるというのは、許容される偶然の範囲を超えている。それ以上に私が気になったのは、関西弁の扱いの杜撰《ずさん》さだった。

短編に移り、「漫画の中の幽霊探し」に私は高得点を付けた。架空の人物の霊を降ろすというアイデアとミステリ的趣向で最後まで読ませる。惜しむらくは、落ちのネタをもう一段リファインしてほしかった。

「穴らしきものに入る」は、文芸誌に載っていても違和感のない奇妙な話で、まんべんなく票を集めた。これも話の運びは上手く短編賞は妥当だが、最後にある穴に入る部分で、そのものの固有の構造に即したオチにしていれば、さらに興趣が増しただろう。

「トミオ石」もまた奇譚である。石を割るというオブセッションは面白いが、ラストが予想通りという声が多かったため、得票が伸びなかった。

「一座の花」は、ある意味ホラー大賞の流れをくむ作品。それがかえって既視感になったのと、時代設定や蛇の習性等に違和感を抱かせたのは残念だった。

「備前の壺」もまた奇譚だが、七夕の話と壺《つぼ》のエピソードがうまくつながっていない。つたない生徒の作文から徐々に真相が浮かび上がる点は買えるので、大半を作文で描けば、もっと良くなっていたと思うのだが。

ホラーは面白い

高橋克彦

候補作品が一杯に詰められた段ボール箱が届けられてから、それは長い間開けられることもなく書斎の片隅にそのままとなっていた。言うまでもなく今度の東日本大震災のせいである。三万近くの人々が死んだり行方不明となっているのに、これ以上暗い話や残酷な物語を読む気持ちになれない。それに、今の現実より恐ろしいことなどあるものかという思いも重なっていた。しばらく時間を置かなくては冷静な評価もできそうにない。そうしてずるずるしているうち期限が迫ってきた。覚悟を決めて読みはじめたのは選考会のわずか五日前のことだ。そして——面白さにたちまち引き込まれた。自分でも思いがけない興奮の連続に襲われた。考えてみると私は震災以来、読むにも書くにもホラーやミステリーを避けてきていた気がする。日本全体が「人の命の重さと尊さ」を知り、その救済に一丸となっているときに不謹慎という思いが働いていたのである。この面白さは、その「飢え」のせいかと最初は考えたが、読み進めているうち、違うと分かった。ホラーの中ではもちろん殺人や残酷な出来ごとが嫌になるほど繰り返される。けれどそれは現実から掛け離れた世界だ。どれほど物語にリアリティがあろうと、夢であり嘘なのだ。だから安心して没頭し非日常に浸っていられる。たとえば短編賞に輝いた国広正人さんの「穴らしきものに入る」の、とてつもなくぶっとんだユーモア。なぜそれができるようになったか一言も説明せず、ただただ世の中の穴を探求していく。秀逸なのは自分の指で拵《こしら》えた穴に入り込むシュールさと電車の吊《つ》り革《かわ》にウィンナソーセージのように連なる部分。あまりの奔放なイメージに呆《あき》れ果てた。こういう際にこそホラーは現実を忘れさせる特効薬になり得るのではないかと勇気づけられた。長編賞に選ばれた堀井拓馬さんの「なまづま」もタイトルからしてすでに仰天の異世界を予感させる。複雑な物語展開や緻密《ちみつ》な描写はとても二十三歳（応募時）とは信じられぬ才能で、間違いなく今後の小説界の軸となっていける人だ。物足りないのは、若さゆえにか「愛の深さ」のどろどろさ加減が描かれていないところで、この歳では仕方ないと思いつつ大賞と推すまでにはならなかった。堀井さんには才能を信ずるゆえの試練と受け取っていただきたい。そして残念だったのは大山淳子さんの「溝のなか」。不思議さと物語の心地好《ここちよ》さは抜きんでていた。好みだけで言うなら一番だったが、常識を超える二作品のアイデアに一歩譲る形となった。

いずれにしろホラーは面白い。

現実を忘れて物語を楽しむことができる。

それだけで大したものではないか。

第18回日本ホラー小説大賞・選評

林 真理子

長編では「なまづま」に、いちばん手ごたえを感じた。今までも人間と化していく生物を扱った作品は多かったが、この小説は非常にリアリティがある。

ヌメリヒトモドキを扱う研究員の偏執ぶりもよく書けている。強い悪臭をはなつこの生物をバスルームで飼い続ける様子をたんねんに描いているが、このねちっこい文章もテーマとよく合っていた。この生物を使い、亡き妻を甦《よみがえ》らせようとするありさまに、人間の深い孤独が密《ひそ》んでいるようだ。文章も過不足なくこなれていて、大賞までにはいたらなかったが、確かな才能が伝わってくる。

「失う時のための予行演習」も、作者の筆力にうなった。内容は宇宙人の「地球乗っとり」

というミもフタもないお話で、異星人の脳の生命維持装置がうんぬん、というのも古くさい。

が、これだけ荒唐無稽《こうとうむけい》な話で、七百枚ちゃんと読ませてしまう手腕はたいしたものではなかろうか。村の何人かが行方不明になる導入部の胸騒ぎ、ひとりひとりの人物描写も実によく書けている。テーマさえつかめれば大傑作を書く可能性はある人だ。経歴を見れば、大きな新人賞を二つもとっている。それがまっすぐデビューに繋《つな》がらないところが昨今の出版界の厳しさなのだろう。が、賞には漏れたが、これをひとつのチャンスとしてもらいたいと、私たち選考委員も検討を重ねた。なんとかいい方向に持っていってもらいたい。

さて短編は「穴らしきものに入る」が群を抜いていた。穴を見ると入らずにはいられなくなった男の悲喜劇であるが、面白さに最初は笑い、やがて不気味さにぞっとしてしまった。シュールというのとも違う。もっと手のこんだものを見せられた思いだ。すっとぼけた一人称の文章もこの作品の魅力であろう。充分楽しませてもらった。

選考会の意見を踏まえ、応募作を加筆・修正いたしました。

日本ホラー小説大賞受賞作

第1回　1994年（平成6年）
受賞作なし
（佳作：坂東眞砂子「蟲《むし》」
：カシュウ・タツミ「混成種―HYBRID―」
：芹澤準「郵便屋」）

第2回　1995年（平成7年）
大賞　瀬名秀明「パラサイト・イヴ」
長編賞　受賞作なし
短編賞　小林泰三「玩具修理者」

第3回　1996年（平成8年）
大賞　受賞作なし
長編賞　受賞作なし
（佳作：貴志祐介「十三番目の人格《ペルソナ》―ISOLA―」）
短編賞　受賞作なし
（佳作：櫻沢順「ブルキナ・ファソの夜」）

第4回　1997年（平成9年）
大賞　貴志祐介「黒い家」
長編賞　中井拓志「レフトハンド」
短編賞　沙藤一樹「D－ブリッジ・テープ」

第5回　1998年（平成10年）
受賞作なし

第6回　1999年（平成11年）
大賞　岩井志麻子「ぼっけえ、きょうてえ」
長編賞　受賞作なし
（佳作：牧野修「スイート・リトル・ベイビー」）
短編賞　受賞作なし
（佳作：瀬川ことび「お葬式」）

第7回　2000年（平成12年）
受賞作なし

第8回　2001年（平成13年）
大賞　伊島りすと「ジュリエット」
長編賞　桐生祐狩「夏の滴」
短編賞　吉永達彦「古川」

第9回　2002年（平成14年）
受賞作なし

第10回　2003年（平成15年）
大賞　遠藤徹（あついすいか改め）「姉飼」
長編賞　保科昌彦「相続人」（「怨讐の相続人」を改題）
短編賞　朱川湊人「白い部屋で月の歌を」

第11回　2004年（平成16年）
大賞　受賞作なし
長編賞　受賞作なし
（佳作：早瀬乱「レテの支流」）
短編賞　森山東（大和王子改め）「お見世出し」
（佳作：福島サトル「とくさ」）
第12回　2005年（平成17年）
大賞　恒川光太郎「夜市」
長編賞　大山尚利「チューイングボーン」
短編賞　あせごのまん「余は如何にして服部ヒロシとなりしか」
第13回　2006年（平成18年）
大賞　受賞作なし
長編賞　矢部嵩「紗央里ちゃんの家」
短編賞　吉岡暁（平松次郎改め）「サンマイ崩れ」
第14回　2007年（平成19年）
大賞　受賞作なし
長編賞　受賞作なし
短編賞　曽根圭介（曾根狷介改め）「鼻」
第15回　2008年（平成20年）
大賞　真藤順丈「庵堂三兄弟の聖職」
長編賞　飴村行「粘膜人間」（「粘膜人間の見る夢」を改題）
短編賞　田辺青蛙「生き屏風」
短編賞　雀野日名子「トンコ」
第16回　2009年（平成21年）
大賞　宮ノ川顕「化身」（「ヤゴ」を改題）
長編賞　三田村志郎（てえし改め）「嘘神」
短編賞　朱雀門出「今昔奇怪録」（「寅淡語怪録」を改題）
第17回　2010年（平成22年）
大賞　一路晃司（ふりーくかな改め）「お初の繭」（「あゝ人不着紬」を改題）
長編賞　法条遥「バイロケーション」（「同時両所存在に見るゾンビ的哲学考」を改題）
短編賞　伴名練「少女禁区」（「遠呪」を改題）
第18回　2011年（平成23年）
大賞　受賞作なし
長編賞　堀井拓馬「なまづま」
短編賞　国広正人「穴らしきものに入る」

なまづま

堀《ほり》井《い》拓《たく》馬《ま》

角川ホラー文庫 17085

平成23年10月25日 初版発行
令和7年2月10日 3版発行

発行者——山下直久
発　行——株式会社KADOKAWA
〒102-8177 東京都千代田区富士見2-13-3
電話 0570-002-301(ナビダイヤル)
印刷所——株式会社KADOKAWA
製本所——株式会社KADOKAWA
装幀者——田島照久

●お問い合わせ
https://www.kadokawa.co.jp/ (「お問い合わせ」へお進みください)
※内容によっては、お答えできない場合があります。
※サポートは日本国内のみとさせていただきます。
※Japanese text only

ISBN978-4-04-394493-4 C0193

◆◇◇